孙沁文 — 著

字楼 的奇想日志

PEOPLE'S LITERATURE PUBLISHING HOUSE

人民文学出版社

图书在版编目(CIP)数据

写字楼的奇想日志/孙沁文著. —北京:人民文学出版社,
2020

(黑猫文库)

ISBN 978-7-02-015710-5

Ⅰ. ①写… Ⅱ. ①孙… Ⅲ. ①长篇小说-中国-当代
Ⅳ. ①I247.5

中国版本图书馆 CIP 数据核字(2019)第 189341 号

责任编辑　卜艳冰　王皎娇

出版发行　**人民文学出版社**
社　　址　**北京市朝内大街 166 号**
邮政编码　**100705**
网　　址　**http://www.rw-cn.com**

印　　刷　宁波市大港印务有限公司
经　　销　全国新华书店等

字　　数　150 千字
开　　本　890×1240 毫米　1/32
印　　张　7.125
版　　次　2020 年 7 月北京第 1 版
印　　次　2020 年 7 月第 1 次印刷

书　　号　978-7-02-015710-5
定　　价　49.00 元

如有印装质量问题,请与本社图书销售中心调换。电话:010－65233595

目录

赤色模特

1

我并不想当一个宅男，我想找一份像样的工作。

大学毕业半年后的我，突然开始担心起了未来。以前在学生时代从来不会去考虑的生计问题，此刻就赤裸裸地摆在我面前，挥之不去的焦虑感侵蚀着我的睡眠。某天清晨，我从床上一跃而起，打开电脑，开始疯狂地投简历。

毕业于计算机系，精通数码编程和信息技术的我，原以为要找一份混饭吃的工作并不难，但近几年各行各业都不景气，加上这半年的空窗期，我连一份面试通知都没收到。两周后的某个早晨，我灰心丧气地走出家门，在门口穿鞋的时候刻意避开了父母异样的目光。如今父母都已退休，两份微薄的退休工资养不起三个人，我不可能一直啃老下去。

我来到附近一个热闹的商圈，想去看一场电影，但查了查支付宝里的余额，最终放弃了这个念头。今天是工作日，看着一群西装革履的白领陆续走进边上的豪华写字楼，我瞬间觉得自己不属于这里，周围仿佛出现一股无形的斥力，将我推离这个现实的世界。

正在这时，我的手机屏幕上出现一条新邮件提示。打开一看，我欣喜若狂，竟然是一份面试通知！巧的是，这家公司就在我身旁的写字楼里，我也是看它离家很近，才不假思索地投了简历。简历是我今天出门前刚投的，没想到这么快就收到了回复。

我现在所在的五角场商圈，是一个集餐饮、商务、购物、休闲、文化于一体的综合性区域，周围交通便捷，高楼林立，人声鼎沸。而位于北侧，与之一路之隔的住宅区，却全是上世纪七十年代建造的老房子，也就是我住的地方。因此，我每次从家里走到五角场，都有一种穿越时光的错觉。

商圈东面伫立着三幢二十多层高的写字楼，它们就像通往云端的天梯，里面的每个人都以顶点为目标，争先恐后地向上攀爬。而我，也即将加入他们的行列。

走进A座写字楼，乘坐电梯抵达二十二层，电梯出来就能看见一扇玻璃门，此刻门正敞开着，门内有一个气派的前台，现在那里没有人。穿过玻璃门，方可进入一个别具特色的开放式办公区。办公区面积约百来平方米，隶属千鼎集团旗下。整个办公区由一条回廊贯穿，格局简约，暖色调的灯光明亮通透，实木地板精致素雅，墙边还摆着些许抽象的艺术雕塑，给我的第一感觉非常舒服。沿着回廊，好几间大小不一的工作间分布其中，每个工作间都分租给一家独立公司，而我正要去面试的那家公司，就占据了回廊尽头的一个工作间。

我略显紧张地敲了敲2222室的房门，开门迎接我的是一个面色红润的男子，他就是公司的老板马可。马可看上去是个文艺小青年，戴着一副夸张的黑框眼镜，脸型像一个圆润的番茄。马可是自己创业，现在公司正在运营一款叫"易物"的APP，简单来说就是一个交换物品的平台，用户可以在上面挂出自己的私人物品来交换其他人的东西，这在年轻人中还挺受欢迎。

马可只是随便和我聊了几句，看了眼我存在手机里的学历证书照片，就决定录用我了。我真的没想到一切会这么顺利，似乎我一生的好运都集中在了今天早晨。

但令我感到意外的是，马可告诉我，目前公司就我一个员工。我的工作就是负责APP的日常维护和后台数据的管理，以及一些应用模块的开发，这些对我来说都是小菜一碟。马可还说，他平时基本都在外面找融资和广告合作，因此以后公司里可能只有我一个人。我扫了一眼这间十平方米不到的工作间，心想这里应该是办公区里租金最便宜的……不过上班之后只有我一个人的话，这地方也确实够用了，甚至还有点奢侈。

第二天，我总算正式告别了废宅生涯，开始沦为一名"社畜"。背着双肩包，望着身旁和我一样奔波的人群，我似乎怎么都无法融入。眼前的写字楼转眼间变成了一台飞速运作的高功率马达。电梯和昨天一样把我送上二十二层，因为这个点正好是上班时间，所以办公区内人头攒动，让我有些不自在。

"早上好。"一声清脆的问候声突然间消去了我的倦意。我抬头一看，声音源自一名留着长发、身穿黑色工作服的姑娘。她站在前台后方，露出甜美的笑容望着我，额头上方的刘海将她的脸蛋衬托得十分活泼与可爱，两粒精致的淡蓝色宝石点缀在她的双

3

耳上，显得有些俏皮。她是千鼎集团派遣到这里的前台小姐，负责整个办公区的日常杂务，比如接待访客、寄收快递、打印文件，等等。

"你……你好。"我呆呆地应了声，心中窃喜原来这里还有这么好看的前台小姐。

"你是新来的吗？以前没见过你啊。"对方睁大眼睛，用好奇的目光打量着我。

我挠了挠头："我是2222室新来的员工，今天第一天上班。"

她马上露出豁然开朗的表情说："哦，原来是马先生的公司呀。你好你好，我叫黄小玲，是这里的前台，以后请多多关照。"

"也请你多多关照……对了，我昨天上午来这里面试的时候怎么没见到你？"

"昨天上午我在集团里开会呢。"黄小玲又冲我甜甜地一笑。

这大概是半年来第一次有女生对我笑。

之后，我先在办公区里逛了一圈，像是在参观一间艺术博物馆。我数了数，整个办公区大概有二十几个工作间，有些工作间是半开放式的，有些则大门紧锁。看工作间的风格，也能大致判断出每家公司的企业文化。在回廊中间，还有一个公共餐饮区，里面摆满了造型各异的桌椅，同时还有冰箱、饮水机和微波炉。

此时，我注意到微波炉的边上放着一碗热腾腾的排骨萝卜汤。没过一会儿，一个婀娜多姿的女人朝这边走来。她瞥了我一眼，端起热汤就转身离开了。女人身上的风衣和脚下的高筒靴使她显得高挑出众，气质不凡，戴在她右手大拇指上的金戒指也格外显眼。

我拐进回廊尽头，准备回到自己的工作间。这时我才发现，刚才那个女人就在我的隔壁。我悄悄朝隔壁的玻璃门里瞄了一眼，发现墙角摆了几个与人等高的塑料模特，难道这是一家专门制作塑料模特的公司吗？

走到2222室的门前，我掏出马可给我的钥匙，蹲下身子，打开玻璃门底部的地锁。工作间里只放了两张办公桌和两台电脑。坐下来之后，我深吸了一口气。这里给我的感觉有些压抑，整间屋子只有一扇窗户，即使是二十二楼，窗外仍然安装了防盗铁栏，仿佛置身于一间名为"职场"的囚室。

就这样，我开始了人生第一份工作，纵使它单调、乏味，却给我之后的生活掀起了不小的涟漪。

2

"早上好，沈老师。"上班两周之后，黄小玲开始这样称呼我。

"那个……你为什么要叫我老师？"每次我都十分疑惑。

"你跟我的高中数学老师特别像！"这是她的回答。

我偶尔会对着镜子审视自己——鸡毛似的头发、厚厚的眼镜片、颓废的表情，加上不搭调的着装……说实话确实挺像高中数学老师的。于是我也就默认了"沈老师"这个称呼。

通过这些日子的接触，我发觉黄小玲是个很八卦的小姑娘。她总是会跟我讲一些办公区里的闲言闲语，比如2207的老板是个偷窥狂；2221的女员工和2213的男员工有暧昧，等等。虽然我对这些事情兴趣不大，但是跟黄小玲这样说说笑笑，也能作为一味调剂，给我每天枯燥的工作带来一丝乐趣。当然，所谓的"说说笑笑"，大都是在微信聊天中进行。

黄小玲还经常差遣我帮她做一些杂事，比如给饮水机换水、搬东西，甚至中午为她带饭等。照理说，黄小玲作为办公区的前台，属于我的服务方，但现在却反过来使唤我……可我好像也不排斥这样被她呼来唤去，相反心里还有一丝难以言喻的雀跃，难道我有受虐倾向？

这一天，黄小玲又给我安排了新的工作——为她修电脑。我感觉到这里上班之后，并不是在为马可打工，而是成了黄小玲的下属。我无奈地从自己的工作间来到前台，摇身一变成为一名电脑维修工，开始检查她的台式机。

"出什么问题了啊？"我望着漆黑一片的显示器屏幕，问道。

"我也不知道呀，突然就黑屏了！"黄小玲焦急得快要哭出来了。电脑不能用就意味着她无法正常工作，如果耽误了事，恐怕是要挨领导骂的。据说黄小玲上头的领导，是千鼎集团里一个尖酸刻薄的更年期妇女。

"别急，我看看，应该没什么大问题。"我安慰道。

电脑黑屏有许多原因，首先我要检查显示器插头是否有松动。因为电脑主机放在桌子底下靠里面的地方，我必须跪在地上，把头伸进桌子下面查看。幸好这里的地上铺着一块软地毯，不然我膝盖就要受苦了。主机后方乱七八糟的电线交错成一团，为了理清电线，我需要将电线拉直捆成一扎。

"有没有细绳和剪刀？"我抬起头问。

"有的有的。"黄小玲从前台抽屉里取出一捆塑料绳，并从桌上的笔筒中抽出一把剪刀，将两样东西一并递给我。

我接过绳子和剪刀，突然发现剪刀握把上的孔太小，我的粗手指根本无法扣进去。黄小玲留意到我的尴尬，一把夺过剪刀和绳子，鄙夷地瞪了我一眼，说："你这肥手，还是我来吧，要剪多长？"

我羞愧地笑了笑，低声说："剪30厘米吧。"

她将剪好的绳子拿给我，我用它捆绑好凌乱的电线，检查了所有的插头，并没有发现有松动或异常。

"怎么样？"她用期盼的目光望着我。

"插头没问题。"我这才发现显示器的指示灯是亮着的，那表示根本不是插头松动了，我对自己表示无语。我又重启了下机器，发现开机时屏幕有画面，但过了十几秒又变为黑屏。这样基本可以排除显示器和显卡的故障。

"大概是系统崩溃了吧，要重装下系统。"我得出最终结论。

"这么麻烦啊！"黄小玲的神情转变为沮丧，"你会不会装？"

"放心吧，交给我。"我自信满满地说道，望着黄小玲些许安然的神情，我有些得意。随后，我奔到写字楼边上的数码广场，买了一张 Windows10 的系统光盘，赶回来时已经气喘吁吁。我首先将自己的移动硬盘插入电脑，进入 PE 系统将电脑里的重要文件拷出来备份，随后放入系统盘，重装系统。经过一个午休的折腾，她的电脑终于恢复正常。

"哇！沈老师你太厉害了！"黄小玲喜笑颜开地望着修好的电脑，用敬佩的语气对我夸赞道。

"小事。"我故作不屑地应了声，其实内心得意无比，满满的成就感油然而生。

黄小玲从桌上的袋子里拿出一只苹果，说："这是赏你的，洗过了，拿去吃吧。"

"谢谢。"我接过苹果，心里乐开了锅。最后，我帮她重新设好电脑的开机密码，安装好全部软件，今天的任务就算顺利完成了。

回工作间的途中，经过餐饮区，我又看见上次那个端走热汤的女人。她正把手里的一小袋东西放置在餐饮区的桌子上。我定睛一看，袋子里装了一只苹果。放下苹果后，她便离开了餐饮区。

回到自己的工作间，我在微信上问黄小玲："你是不是给这里的每个人都送了苹果啊？公司福利？"

不一会儿就收到她的回复："哪有啊！就给了你一个啊……不过那个苹果也是这里的一个租户给我的，反正我不想吃，就顺手送你啦，还不谢谢？"

"租户？男的女的？"我的内心涌起一丝不安。

"男的。"对话框里跳出简短的回答。

一阵强烈的醋意涌上我的心头。但冷静下来想想也对，这样一个漂亮女孩，一定有一大群人跟在屁股后面追，自己又算哪根葱呢？这样一想，我反倒死心和释然了。我深吸一口气，咬了一口淡而无味的苹果，回到了现实世界，开始正式的工作。

隔壁的女人和黄小玲发生争执是在第二天早上。

那天，因为睡过了头，我比平时迟到半小时，9点半才到公司。刚一走出二十二层的电梯门，耳朵里就传来一阵尖锐的斥责声。走近前台，我看见隔壁那个女人正指着黄小玲，嘴里嚷嚷个不停。那个女人依旧穿着标志性的风衣和高筒靴，左手似乎还揣着什么东西。她们周围有一群人在围观。我赶忙上前，想要了解究竟发生了什么。

那个女人扯着嗓门说道："你要冷死我啊，这种天不开空调，你怎么做事的啊?!"她边说还边把手里的温度计展示出来，"你看看这里现在才几度?"

黄小玲一脸的委屈，却也不甘示弱地辩解："不是我不开啊，总控室电源故障，空调开不了，我已经叫人去修了。"

"你这是敷衍，"女人依旧咄咄逼人，"万一冻感冒了你负责啊? 你赔不赔医药费?"

"夏小姐，你冲我发火有什么用啊?"黄小玲也加重了语气，"那边已经在修了，我也不希望空调开不了啊。"

女人抬起右手指着黄小玲的脸，用警告的语气说："你等着，我要投诉你!"她拇指上那枚粗粗的金戒指发出刺眼的反光，但金戒指的华贵气质与女人目前的形象完全不相称。

老实说，遇到这种情况，本身就不擅与人交际的我，完全不知道该怎么做，但我还是鼓足勇气走上前，对那个女人说："算了，该做的她都做了，这不是她的责任，你这样吵也影响其他人工作。"

女人回过头瞪了我一眼，随即别过头，这才收敛起刚才气势汹汹的样子，快步离去。或许她也意识到这样在众人面前叫嚣影响不好吧。没有热闹可看，周围的人各自散去，回到自己的工作间。看着噘起小嘴的黄小玲，我本想安慰她几句，但又不知道该说什么好。她瞧了我一眼，又马上移开视线，坐在椅子上忙起自己的事，没有理我。

闹剧终于收场，我顺着走廊来到自己的工作间，经过隔壁2221室时，正好看见那个女人气呼呼地把刚才的温度计往抽屉里一扔，并用力将抽屉关上。看样子她还没有完全消气，一副谁都欠了她似的表情。看见门口的我，她白了一眼，用眼神杀遍我的全身。看来她对我这个搅局的人已经充满敌意。

回到工作间，我对着黄小玲的微信聊天框发呆，苦思冥想着要不要对她说些什么，安抚一下她的情绪。毕竟被这样蛮不讲理的女人责骂，任谁都会不爽。正当我犹豫不决时，聊天框中突然跳出一条消息："刚才谢谢你，中午一起吃饭吧。"

看到屏幕上的文字，我一阵欣喜，立即回复："好啊，你想吃什么？"

结果我买了两份咖喱饭便当，跟黄小玲两人坐在前台边上的会客室内共进午餐。这似乎是我有生以来第一次跟女生单独吃饭，心里难免有些紧张。望着黄小玲惆怅的脸，我有些不知所措。

"看什么呢？"黄小玲发现我正出神地盯着她，"我脸上有脏东西吗？"

"不……"我急忙移开视线。为了掩饰尴尬，我指了指她的耳朵说："你的耳环挺好看的。"

黄小玲微微一笑，用手摸了摸垂在耳朵上的泪珠形耳环，说："啊，这个啊？我比较喜欢淡蓝色。"

"这个也是租户送的？"我提心吊胆地问。

她连忙摇头："不是，是我自己买的，这是玻璃做的，很容易碎哦。"

"哦……"我安心地呼出一口气，"对了，那个2221的女人怎么这么不讲道理？"

当我再度把话题转移到那个女人身上时，黄小玲明显有些不悦，她将手中的筷子用力往米饭里一插，说："谁知道啊？我也不知道她为什么老是针对我。"

"老是？以前也找过你茬吗？"我咽下一口米饭，问。

"对啊，"黄小玲抱怨道，"上次还跟我提意见，说他们工作间正上方是二十三楼的厕所，老是有异味从窗户飘进来。但每个房间都有排气扇，虽然二十三楼厕所的窗户的确在2221窗户的正上方，但其实相隔很远，不可能会有异味。真是气死我了。还有昨天上午，她发给我几份文件，要我打印出来，结果发错了，无缘无故说了我一通。明明是她自己发错的，关我什么事。"

"真是个奇怪的女人，"我真惭愧自己第一眼见到那个女人时还觉得她气质不错，"对了，她那里是家什么公司啊？做塑料模特的？"

"貌似是一家橱窗设计公司，"黄小玲想了一下说，"就是专门布置商店橱窗的，所以经常会定制一些塑料模特运过来。那些模特晚上放在那边还真有点吓人呢。"

"原来如此，"我点了点头，"我记得你上次告诉过我……那个女的跟 2213 的男职员有暧昧关系。"

"是啊是啊！"一说到八卦的事情，黄小玲马上打起了精神，之前垂头丧气的状态彻底从她的身上烟消云散，"2213 是一家猎头公司，那个男的长得很帅的。不过夏小姐和林先生都是有家室的人哦。一个有女儿，一个有儿子。"

"你了解得这么清楚啊……"我顿时觉得她有些可怕。

"那是，"黄小玲坏坏地一笑，"但是他们在公司里都很低调的，完全看不出两人有不正当关系。"

"那你又是怎么看出来的？"我咬了一口可乐饼，不解地问。

"嘿嘿，上次我来这附近买衣服的时候，正巧看到他们两个卿卿我我地逛街呢，两个人手挽着手，还有说有笑的。我当时也很震惊。"

"那你又是怎么知道他们家里的情况的？"我继续提问。

"问他们同事就好了啊。"黄小玲一语道破天机。

"你真适合做个娱记……"我叹了一口气。

就这样，我和黄小玲一边聊天一边吃完了这顿美味的午餐。她似乎比早上开朗了许多，或许她的性格本身就比较开朗吧。

4

为了不再因为睡过头而迟到，这一天我设了三个闹钟，早早就来到了公司。虽然这些日子马可都没来公司，上班也不用打卡签到，但我还是不愿意迟到。

一到公司，我又看见 2221 的夏小姐站在前台，不知道正对黄小玲说着什么。不会又吵起来了吧？我不安地走过去，发现夏小姐只是没带钥匙，想要黄小玲用备用钥匙帮她开门。

这时我注意到，黄小玲今天没有戴耳环，而夏小姐拇指上的金戒指也不见了。难道今天是什么特别的日子，规定女人不能戴首饰吗？

黄小玲打开抽屉，从里面取出一大串办公区所有工作间的备用钥匙，走向 2221 房间，夏小姐则跟在她的身后。绕过走廊，来到 2221 室的门前，黄小玲找出钥匙，蹲下身子，将钥匙插入玻璃门底部的地锁，将门打开。

"啊！怎么会这样？"这声尖叫是从夏小姐喉咙里发出的。为了探寻她尖叫的原因，我将目光移向 2221 室的内部，眼前的一幕让我吓了一大跳。

房间的正中央悬吊着一个满身是血的人，他的脖子被一根塑料绳紧勒着，绳子延伸到天花板，牢牢绑在通风口的挡板上。

不……不是，那不是一个人，而是原本摆放在墙角的那个塑料模特。

黄小玲看到这一幕，惊慌失措地把身子缩到后面，用求助的目光望向我，不知该如何是好。我轻轻推开挡在门口的夏小姐，走进2221室。吊着的确实是塑料模特，因为模特做得很逼真，刚才乍一看还以为是个人。模特的正面被涂抹了一大片如同血液的红色物质，我用手指抹下一些，放在鼻子前闻了闻："是红墨水。"再仔细一看，模特全身有多处像是被剪刀割开的伤口。

"这是谁干的呀！"夏小姐歇斯底里地吼道。她的叫声惊动了周围的租户，他们全都朝2221室围拢过来。

不一会儿，夏小姐像是发现了什么，她弯下腰，从靠近门口的墙边捡起一样东西，是淡蓝色的。"这是你的耳环吧！我看你天天戴的！"夏小姐捏着手里的耳环，对黄小玲怒斥道，"你的耳环怎么跑到我的工作间来了？你昨天晚上进来过吧？这事是你干的，是不是？"

"不是我不是我……"黄小玲哭丧着脸，极力辩解。

"那你的耳环怎么解释？"夏小姐追问。

"我昨天回家的时候就发现耳环掉了一只，所以今天就没戴……是真的。"黄小玲的声音有些颤抖。

"你别解释了！一定是因为昨天空调的事我说了你几句，你就耿耿于怀，所以趁晚上没人的时候偷偷溜进来搞破坏，想要报复我，"夏小姐理直气壮地指证黄小玲，"门一直是锁着的，只有你有备用钥匙，不是你搞的破坏还能有谁？！"

黄小玲一时语塞，她一脸茫然地站在原地，不知该如何说明这一切。边上的众人也向她投去狐疑的目光。

"等一下，"这次我毫不犹豫地插嘴道，"虽然她有备用钥匙，可是你也有钥匙啊。"

第二次被我这个闲杂人士搅局，夏小姐更是目露凶光地瞪向我："你是说这是我自己干的？你有神经病啊？好，我现在就证明给你看。"说完她走向一旁的办公桌，打开中间的抽屉，从里面取出一把钥匙，她将钥匙递给我，得意地说："我的钥匙昨晚忘了带回去，一直放在这里的抽屉里，试问没有钥匙我要怎么进门？昨天下班的时候，也是让黄小玲给我锁门的。而且刚才过来的时候你也看到了，门的确锁着。"

我用钥匙在锁上实验了一下，发现它的确是 2221 室的钥匙。而刚才夏小姐的举动都在我的眼皮子底下，这把钥匙的确是她从抽屉里拿出来的，没有什么可疑。我环顾了一圈这间十几平方米的工作间，房间里只有门和窗户两个出入口，通风口是镶死的，连老鼠都无法钻进来。而窗户外面装了防盗铁栏，况且这里又在二十二层，根本无法从窗户出入。剩下只有那扇玻璃门了，门上只装了一个地锁，地板上有一个插槽。只要插入钥匙转一下，地锁内部的锁芯就会插入插槽，起到将门锁死的作用。只要有钥匙，不管在门内还是门外，都能将地锁锁住或者打开。

但目前的状况是，夏小姐的钥匙一直放在房间内部的抽屉里，而抽屉又是关上的。如果她晚上来过这里，离开的时候不可能既把钥匙留在抽屉里又锁上门。这是一个不折不扣的密室。

"这里的钥匙可以复制吧？"我向黄小玲求证这个最简单的可能性。

黄小玲却摇摇头，轻声说："这种新型的防盗地锁是我们向台湾的 K 制锁公司特别订制的，这种锁的特点就是钥匙无法轻易复制，安全性高。如果要配置新钥匙，必须向 K 公司提交申请，所以这里每一把锁都仅有两把钥匙。"

"你看看，她自己都承认了。"夏小姐落井下石。

"可是，有一点很奇怪……"我不甘示弱地提出质疑，"如果这事是黄小玲干的，她为什么要让自己处在这样一个'只有她能做到'的尴尬境地呢？还有第二个问题，你昨天离开的时候为什么要刻意叫黄小玲给你锁门，你是不是故意把钥匙留在抽屉里的？"

"哼，"夏小姐不屑地冷笑一声，"关于第一点，很简单啊，她就是希望到时候有个像你这样的笨蛋跳出来利用这点为她辩护；至于第二个问题么，我昨天突然有急事，赶着回去，所以懒得锁门，就让黄小玲帮我锁下咯，钥匙当然也忘了带回去。"

对于她的解释，我无法提出有力的反驳，我再次向黄小玲提问："备用钥匙一直放在前台的抽屉里吗？抽屉有没有上锁。"

"嗯……"黄小玲有些哽咽地回应道，"我也不知道怎么回事……放备用钥匙的抽屉一直是锁着的，抽屉钥匙我都随身带着。"

"那也可能有人事先偷走了备用钥匙，晚上作案后再把钥匙偷偷放回你身边啊。"我再次用求证的目光望着黄小玲。

黄小玲微微点了下头，唯唯诺诺地说："有这种可能吧……"从她没有自信的语气里可以判断出，她也认为这种可能性微乎其微。

照目前的形势来看，唯一能够开锁的黄小玲的确是头号嫌疑人，况且房间里又有她的耳环。设想一下，如果昨天夏小姐下班的时候把自己的钥匙带走了，那她晚上完全可以偷偷溜过来开门，可是之后她又怎么把门锁上呢？钥匙最后的确在关上的抽屉里啊。这时，我把注意力转向房间里的窗户，虽说装了防盗铁栏，但窗户却是打开的，可不可以通过窗户把钥匙扔进来呢？可是又要怎么把钥匙弄进关闭的抽屉里？

我再次检查了一番现场。房间的地上沾着一些红墨水，墨水在地板上形成模特的轮廓。扫视了一圈房间的墙壁之后，我发现窗户对面的白色墙壁上也附着着几滴点状红墨水。顿时，我似乎明白了制造这个密室的伎俩。

我快步走向书桌，正欲求证我的假设时，夏小姐挡在我面前阻止了我打开抽屉的动作。"你干什么，别乱翻我东西。"她冲我嚷道。

"我只是想检查一下……"

"检查什么检查！"她的语气很坚定，旋即她指着黄小玲说，"你等着，我马上就去找你们领导，你就等着被炒鱿鱼吧！"

5

之后，我特意检查了插在前台笔筒里的那把剪刀，发现刀刃部分的确附着了一些塑料碎屑，证明这把剪刀正是造成塑料模特身上伤口的工具。而原本放在桌子上的红墨水如今也只剩下空瓶。另外，吊着塑料模特的塑料绳也和前台柜子里的属同一品种。看来作案人为了嫁祸给黄小玲简直费尽心机。

此时，无心工作的黄小玲独自坐在会客室内，双手捂着脸，她现在心里一定非常郁闷。我缓步走进会客室，听到黄小玲正在小声啜泣。

"别担心，不会有事的。"我拿出口袋里的纸巾，抽出一张递到她面前。看到她这个样子，我自己也很难受。正因为如此，我心中早已下了一定要查清真相的决心。"对了，我问一下，这一层有摄像头吗？"我问她。

黄小玲接过纸巾，轻轻揉了揉发红的眼角，喃喃说道："你……相信我吗？"

"信。"我不假思索地回答。

"为什么啊？"黄小玲圆睁着大眼睛问。

我笑了笑，说："因为你这么喜欢差遣我，如果真要做这种事，你不可能不叫我帮忙啊。"

或许是被我的回答逗乐了，她扑哧一笑，然后回答了我刚才的问题："你问摄像头啊？电梯外面有一个，前台入口也有一个，但是前台的摄像头这几天正好坏了。"

"坏了？这事夏小姐知道吗？"

黄小玲拨弄了一下有些凌乱的刘海，说："不是贴出告示了吗？说是摄像头坏了，让大家小心看管好自己的财物，下班时锁好工作间的门。"

"是吗？我怎么没看到告示……"

"你笨。"黄小玲抬起脸瞥了我一眼。

"这么说这里所有人都知道摄像头坏了咯？"

"应该是吧。"她点点头。

这么看来，作案人只要从办公区的安全楼梯走上来，就不会被摄像头拍到了。我推敲出作案人溜进来的路线后，又向黄小玲提问："你这两天有没有注意到什么可疑的情况？再小的细节也好，你想想看。"

黄小玲沉默了一会儿，说："没有啊……"但她又突然想起什么似的说，"对了，我刚才回到前台的时候，电脑好像被人动过。"

"你怎么知道被人动过？"我进一步问。

"因为我之前在浏览某个网页嘛，"黄小玲一边回想一边说，"后来夏小姐过来要我去开门，我记得那时候并没有对电脑做过什么操作，但刚才回来的时候，我发现那个网页被最小化了，屏幕变成了桌面。"

她的这番话给了我灵感，让我想到某些事。我站起身，言之凿凿地对黄小玲说："我一定会证明你的清白。"说完我便离开了会客室。

经过餐饮区，夏小姐正在里面泡茶，她看见我后立马别过脸。我同样没有搭理她。但我注意到，此时那枚金戒指又回到了夏小姐的拇指上。不过，戒指表面似乎沾有一些白斑，让戒指的色泽发生了明显的变化。这个发现顿时让我欣喜不已，我立刻回到会客室向黄小玲求证最后一个问题："你好好想想，昨天夏小姐离开这里的时候，手上戴着金戒指吗？戒指上有没有白斑？"

黄小玲踌躇了片刻，给出了我想要的答案："戴着，没有什么白斑啊。"

6

这么关键的时候，我竟然忘带移动硬盘了。

夏小姐已经打电话投诉黄小玲，她的领导正从集团总公司赶来，为了处理此事。而我必须立刻回家把移动硬盘拿过来。我急忙跑出写字楼，找了辆共享单车飞速骑回家。

等我回到办公区的时候，黄小玲、夏小姐以及一位年长的女人已经坐在了会客室里，而那个女人正是黄小玲的直属领导。

我握着手里的移动硬盘闯进会客室。三双眼睛同时望向我，只有黄小玲的目光充满了期盼，其他两人都流露出厌恶。

"你是？"那位满脸粉底的中年妇女打量了我一番，疑惑地问。

"她是这里2222室的租户，沈先生。"黄小玲替我回答。

"你好，你有什么事吗？"中年妇女用质问的口吻问道，"我们正在谈事情，你等下……"

"这事不是黄小玲干的，我有证据。"我直截了当地说明我闯进来的目的。这时夏小姐一脸不悦地直视着我，而那位中年妇女的脸上仍是困惑的表情。

我还没来得及说下去，夏小姐就抢在我前面，说："徐主管，你们这儿的前台小姐做出这么过分的事情，你看怎么处理吧。这事多影响你们公司声誉啊。"她施压的方式一看就是个老手。

"我真没做过！"黄小玲一脸委屈。

徐主管伸出手掌示意黄小玲不要说话，然后用恭敬的语气对夏小姐说："您放心夏小姐，我们一定会调查清楚，并严肃处理此事。"接着她又把目光转向我，"你说你有证据？那就请拿出来吧。"

"好的，麻烦请听我一点点说，"我清了清嗓子，"将夏小姐工作间内的塑料模特这般摧残的元凶并不是黄小玲，她是被人陷害的。"

"是谁要陷害她？"徐主管饶有兴致地问。

"是夏小姐。"我斩钉截铁地说。

"别胡说！"夏小姐的脸部抽搐了一下，"你血口喷人，你喜欢这位黄小玲小姐吧，我早就看出来你不是什么好东西，为了帮她脱罪你就把矛头指向我。你说我把自己的塑料模特弄坏？那好啊，我问你，我是怎么走进上锁的房间的？"

"这是个很简单的把戏，"我咽了咽口水继续说，"你昨天下班的时候，钥匙并没有忘在工作间的抽屉里，而是一直带在身上。你等晚上所有人都离开后，又悄悄从后楼梯回到这里。因为前台的摄像头坏了，所以不会拍下你的身影。你用自己的钥匙打开2221的门，将模特吊在天花板上布置好一切。随后，你从二十三楼的厕所窗户里放下一根细线，让细线通过2221室的窗户一直延伸到打开的抽屉里，再用抽屉里的某个重物压住细线。你房间的正上方就是厕所吧。你走出房间，用钥匙锁好玻璃门。接着再次从后楼梯来到二十三楼，进入厕所，将钥匙穿进细线，钥匙因为重力的关系便顺着细线一路滑进底下的2221室，一直滑到抽屉里。最后你只要用力抽走细线就完事了。"

"呵，真是痴人说梦，"夏小姐驳斥道，"你别忘了，早上进去的时候抽屉可是关着的，你这套说词只是纸上谈兵。"

"别急，我还没说完，"我微微一笑，"你当然也设了让抽屉关上的机关。将塑料模特吊在房间中央后，你同样用一根细线套住模特的腿部，线的另一端也一样延伸至上方的厕所里。拉动厕所这端的细线后，模特的腿部会被拉向窗户的方向，使整个模特保持一个倾斜的姿势。这时候只要放开细线，模特便会因为钟摆原理荡到另一侧，它的脚就会撞向对面开着的抽屉，从而把抽屉推进去。当然最后抽离出细线，就不会留下什么痕迹了。"说完这段，我从上衣口袋里掏出一张白纸，摊开在桌子上。我先前在纸上画了这个手法的示意图。

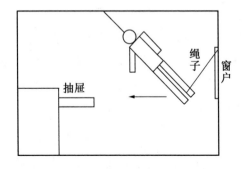

"你……你别胡说……"夏小姐的表情有些扭曲。

"这里办公桌的抽屉，开关都很灵活，而塑料模特又不轻，这样撞一下，完全能够让抽屉闭合，"我补充道，"当然，我刚才说的一系列动作，一个人恐怕很难完成，我认为夏小姐还有同伙，这个等会儿再说。2221室窗户对面的墙壁上有几滴不明显的红墨水，那是因为模特荡过去的时候上面的墨水还没干，所以惯性飞溅到了墙上。用这个方法，你便可以顺利制造出密室，把罪行嫁祸给唯一拥有钥匙的黄小玲了。"

"你别听他乱说徐主管，"夏小姐变得有些焦躁，"你以为别人会信你这套吗？那么房间里的耳环怎么解释呢？这可是铁证啊。"

黄小玲不停地摇头，徐主管也向我投来询问的目光。

我摆出严肃的表情，继续说明："请让我一次说完，希望你们不要再打岔。耳环是夏小姐在 2221 室门口的墙边发现的。黄小玲的耳环是玻璃做的，非常容易碎裂，如果在她作案的时候耳环从耳朵上掉下来，落在质地坚硬的地板上，请问会发生什么呢？我认为它有很高的概率会摔碎。但是现场发现的耳环是完好的，甚至连裂痕都没有，这就有点可疑了。按照这个方向进一步思考，我认为耳环原本应该是掉落在某块质地柔软的地面上。我记得前台的桌子下面铺着一块软地毯吧，所以我想，耳环一开始是掉在了那里。之后，真正的作案人无意中发现了地毯上的耳环，于是将它捡起，放在 2221 的地上以嫁祸黄小玲，当然她是轻轻'放'在地上的，因此耳环才没有碎。这样的解释比较合理。

"耳环的事原本不在作案人的计算之内，她只是去前台拿绳子、墨水和剪刀的时候碰巧看见了黄小玲不小心掉在地毯上的耳环，于是正好拿来利用。

"接下来我再说下作案人是夏小姐的证据，"说这句话的时候，我看见夏小姐的下巴颤抖了一下，"夏小姐昨天离开公司的时候，黄小玲可以证明她的拇指上的确戴着金戒指，但是今天早上夏小姐来的时候戒指却不见了。那么这期间，戒指跑哪去了呢？

"我们先来揣摩一下作案人的作案过程。作案人从前台偷来剪刀，试图用它剪坏塑料模特。但是这时候，她遇到了一个问题。那把剪刀握把上的孔非常小，手指稍微粗一点就无法伸进去。然而，作案人拇指上戴了一个粗粗的金戒指，这使她无法将拇指顺利伸进剪刀的握孔，也就无法正常操作这把剪刀。当然，如果直接握住刀柄在模特身上插，或者用刀刃割也不成问题，但是塑料模特的材质比较坚硬，用插和割的方法达不到破坏程度很大的效果，也就不足以表现出'黄小玲的行径恶劣'，所以直接用剪刀剪最为方便。于是，作案人理所当然地摘下了金戒指。我猜，她把戒指放在了大衣口袋里，那里是当时最理想的地方。

"好了，剪完之后，她还要在模特身上洒上红墨水。从地板上墨水形成的模特轮廓痕迹来看，作案人是先让塑料模特平躺在地上，再洒上红墨水的。洒墨水的时候，作案人为了不让红墨水溅到自己身上，一定弯下了腰或蹲下身子，以降低高度。然而，作案人平时喜欢穿风衣，风衣的下摆很长，如果放低身子，衣服的下摆则会碰到地上。为了不弄脏衣服，作案人自然而然地把风衣脱下，放在了旁边的办公桌上。

"之后便是我的假想，当然这些假想都是依附在逻辑基础上的。为了布置密室机关，犯人拉开了抽屉，这时候抽屉的边缘碰到了桌子上的风衣，那枚之前放在衣服口袋里的戒指被带了出来，顺势掉到了抽屉里。这一切都没有被作案人发现，她布置好机关后，便穿上衣服离开了。等她发现衣服里的戒指不见了，恐怕为时已晚。作案人只能在今天早上拿回戒指，再重新戴回自己手上。可是，这个时候戒指已经发生了变化。

"戒指掉到抽屉里之后，在里面躺了一晚上。我还记得，昨天夏小姐因为空调的事和黄小玲大吵了一架，当时你的手里拿着一个温度计，后来我又看见你把温度计狠狠地摔在了抽屉里。我想那个时候，温度计的玻璃柱被打破了吧，里面的水银流了出来。

"接下来上一堂化学课，当金戒指遇到水银，戒指表面的固态金则会溶解在水银里，变成一种叫'金汞齐'的合金，附着在戒指表面，形成一块块白斑。所以金戒指不能和温度计这类含有水银的物体放在一起。当然只要用火烤一下，这些白斑就会消失。"

夏小姐不安地看了看自己手上满是白斑的金戒指，始终绷着一张脸。当然这些白斑也引起了徐主管的注意。

"所以我最后的结论是，"我感到有些口干舌燥，便稍稍停顿了一下，"夏小姐戒指上的白斑能够证明，戒指曾在抽屉里放过一段时间。并且夏小姐昨天离开的时候，戒指上并没有白斑。这也就是说，白斑是在那之后形成的，昨天下班之后你又回到过这里。如果你没有做亏心事，那你为什么从不提起自己回来过呢？"

"不对！"夏小姐终于忍不住冲我抗议道，"黄小玲撒谎……我想起来了，我昨天走的时候戒指忘在抽屉里了，那时候我根本没戴戒指。"

我早就料到她有这一招，便说："那要不要看看电梯里的监控呢？你下班的时候是坐电梯下去的吧，看看那时候有没有拍到你手上的戒指。"

夏小姐愣了一下，又说："你这算哪门子证据？昨天我家里的温度计也被我摔坏了，戒指是那个时候碰到水银的。"

"你到底哪句真哪句假啊？刚才不是还说戒指忘记带回去了吗？"我立刻指出她话语中的矛盾。

这时候黄小玲的脸上露出安心的表情，而徐主管则狐疑地望着夏小姐。夏小姐使劲咬着嘴唇，她的呼吸明显变得急促，但仍旧气急败坏地狡辩："反正你这不算证据，这是诬陷！我干吗没事弄坏自己的塑料模特啊？我有毛病啊？"

"既然你不承认，那我也没办法了。"我望了一眼刚才拿过来的移动硬盘，那是我最后的撒手锏。

7

"夏小姐做这些事的目的，主要有两个，"我胸有成竹地说，"第一，当然是要陷害黄小玲，夏小姐出于某个原因非常讨厌黄小玲，她希望黄小玲因为这件事被开除。"

"夏小姐为什么讨厌黄小玲呢？"徐主管不解地问。

"因为她吃醋了，"我说，"夏小姐和2213的林先生有暧昧关系，但是他们两个都有各自的家庭，无法光明正大地结合。他们在公司里也尽量保持低调，有时候两人会互相给对方带吃的，而餐饮区就是他们的联络点。林先生会买好热腾腾的排骨汤，把汤端进餐饮区，然后离开，在微信上通知夏小姐，夏小姐就会出来取；同样，夏小姐也会将苹果放在餐饮区，让林先生来取。我想，他们每天都会这样给对方带吃的。但是，夏小姐带给林先生的水

26

果，林先生有时候可能忘了吃，或者吃不下、不想吃。总之，林先生时常会把水果送给前台的黄小玲。不管林先生对黄小玲有没有那种意思，反正这样的行为让夏小姐发现后，她很是吃醋，极为恼火。她偏执地认为，黄小玲的存在会破坏他们之间的感情。这便是夏小姐憎恨黄小玲的缘由，所以夏小姐非常希望能把黄小玲从林先生身边驱逐走。"

听完我这番话，夏小姐显得十分愕然，她没有想到我已经了解到了这一步。

见夏小姐没有吭声，我继续说："第二个目的，则是为了在今天早上把黄小玲从前台支开，并故意引起骚动，把办公区里的租户都吸引过来，好让他们不要接近前台。"

"为什么要这么做呢？"这次提问的是黄小玲。

"因为她要让林先生到前台的电脑里删除某样东西，"我说，"刚才我也说过，夏小姐有个同伙，那个同伙就是林先生。当然林先生肯做夏小姐的同伙，目的也是为了删除电脑里的东西。"

"到底是什么东西啊？"徐主管喝了口水，兴致勃勃地问。此时夏小姐正一脸阴沉地坐在位子上，一动也不动。

"是她跟林先生的亲密照片，"我不紧不慢地说出答案，"那天，夏小姐本想传给黄小玲几份文件让她打印，可她却鬼使神差地把存在电脑里的照片压缩包发给了黄小玲。等她发现发错的时候，已经来不及了。不过黄小玲事后并没有打开压缩包，未发现这些照片。但是她和林先生便开始担心了，如果照片传出去，后果可想而知。黄小玲又是个极为八卦的女孩，所以一定要在她发

27

现之前把电脑里的照片删了。但是，那台电脑有开机密码，当然要破解开机密码有很多种方法，也可以无视密码直接破坏电脑里的文件，但可惜的是，他们都不太了解计算机方面的知识。如果直接将电脑砸坏或偷走，又容易惊动警方，他们不想把事情闹大。唯有一个方法，就是在电脑开着的时候将里面的照片删除。但是，就算吃午饭，黄小玲也是待在前台边上的会客室里的，从这里的玻璃门一眼就能看到前台的一切。即使在她上厕所的短短几分钟里，也容易被其他租户撞见。所以，他们的这招，既可以找借口赶走黄小玲，又能够制造机会把电脑里的照片删除。

"但是，他们失算了。那天，黄小玲的电脑黑屏了，后来我帮她重装了系统，那时我已经将电脑里的文件全都备份到我的移动硬盘里了。即使删掉了电脑里的照片，可我的移动硬盘里还保留着一份呢。"我拿起桌上的移动硬盘，嘴角微微上扬。

听到这里，夏小姐大惊失色，她猛地抬起头，直勾勾地望着我手里的移动硬盘。"你……"她仿佛被震慑住了一般，脸上的表情瞬间凝固。

"请跟黄小姐道歉，"我瞪着她的眼睛，郑重其事地说道，"承认你的罪行，然后跟黄小姐道歉。不然，我不保证这些照片明天不会传到你丈夫的手里。"

"你竟敢威胁我！"夏小姐怒视着我，但看到我严肃的样子，她马上放低了姿态，随即徐徐地转过脸，向一脸诧异的黄小玲吞吞吐吐地说："对……对不起……请……请原谅我！"

"早上好，沈大师！"黄小玲爽朗的问候声预示着崭新一天的开始。

"怎么换成大师了？"我百思不得其解。

"你这么聪明，又懂电脑又懂化学又会推理，不是大师是什么？以后我就叫你沈大师了！你不准拒绝！"黄小玲看上去非常高兴。

"好吧……你开心就好。"看到她高兴的样子，我也很高兴。

因为我手中有那些照片，夏小姐不敢再招惹我，当然也没再找过黄小玲的麻烦。这件事就这样渐渐平息下来。但我不禁担心，下一个吊在房间里的会不会是我呢？

黄小玲的存在，让每个焦躁的清晨都变得如此美好，我不想失去这份美好，所以我很庆幸能找到现在这份工作。端起手机，我看到黄小玲发来一条微信："上次谢谢你啦，沈大师！我请你吃苹果，这次不是别人送的哟，是我自己买的。我把它放在餐饮区了，你去领赏吧。"

礼　物

1

早晨，一场滂沱大雨袭击了上海，风和雨像一对孪生怪物肆虐着这座城市。在这样的恶劣天气下，即使撑着伞也于事无补。等我躲进写字楼时，身上早已湿了一大片。湿闷的电梯载着我升至二十二层，为了不让黄小玲看到我狼狈的模样，我掏出纸巾擦了擦湿掉的衣服。

当我走出电梯时，却未看见办公区的前台小姐——黄小玲的身影。办公区的玻璃大门也紧闭着。无奈之下，我只得掏出钱包，取出放在里面的电子锁钥匙卡，将它放在刷卡器上扫了一下。随着"哗"的一声，玻璃门解锁。

进入办公区，玻璃门自动关上之后，我突然发现门的两侧多了两瓶类似芭蕉叶的不知名绿色植物。之所以用"瓶"作为量词，是因为装载植物的是一个一米多高的白色花瓶。瓶子直接摆在地上，绿色的长条状枝叶从花瓶顶端冒出，延伸至高处。

可黄小玲去哪了？难道还是因为上次塑料模特的事被解雇了？我一边甩着湿漉漉的雨伞，一边胡思乱想。

这时，一个男人推开玻璃门走了进来，他的手里拿着一包东西。

"你好，我是快递，请问 2207 在哪里？"那男的操着一口崇明口音。

　　我正准备回答他的问题，门外又传来一阵熟悉的高跟鞋声。

　　"啊啊，不好意思。"黄小玲的身影映入我的眼帘。她从门口走进来，微笑着面对那位快递员："您好，是快递吗，请问找哪位？"

　　"是 2207 的快递。"

　　"我帮他们签收一下吧。"黄小玲接过快递手里的包裹，走到前台内侧。她拉开桌子抽屉，从里面取出公司的邮件签收章，在收件单上盖了一下。

　　快递员离开后，黄小玲才跟我打招呼："嗨，沈大师早啊。"她的脸上挂着爽朗的笑容。

　　"早。"看见黄小玲，我的心情愉快了许多。打量着身穿淡蓝色工作服、一头披肩长发的她，我感觉自己的心跳有些加速。"对了，你刚才去哪了？我还以为你离职了呢。"我提出刚才的疑惑。

　　黄小玲坐了下来，说："早上雨太大，我去厕所擦了擦头发。怎么，想我啦？"

　　"雨是挺大的。"

　　"对了，我今天心情超好。"她笑嘻嘻地说。

　　"下大雨你还心情好啊？我最讨厌这种鬼天气了。"

　　"你看我的手表，好看吗？"黄小玲将手腕上的一块女式银色细表展示在我面前，"这块表本来坏了，一直走不了，换了电池也没用，但我又觉得很好看，舍不得摘下来，所以就一直戴着。今天早上我突然发现它又走了。"

"可能是下雨进水的关系吧。"我不以为然地说。

"进水？进水会把表修好？"

"嗯，手表里有精密的电路，我想表走不了的原因，可能是内部电路的某一部分受到损坏，导致断路，所以即使更换了电池，表中的电路也无法正常通路。但是进水之后，或许部分雨水正好覆盖住了那部分损坏的电路，还因为雨水中含有电解质，能够代替导线起到导电的作用。于是表中的电路又重新通路，它就又开始走了，"我滔滔不绝说了一大堆，"不过我想过一会儿等表里的水干了，它又会恢复原样，你还是拿到厂商去修理吧。"

"不会吧！"黄小玲惊恐地看了一眼自己的手表，"哎呀呀，果然又停了！你这个坏蛋快赔我手表！"

"关……关我什么事啊？"

正当我不知道该如何接话时，门口又走进一个男人。他的头发留得很长，看上去十分邋遢。我认出他就是2207的老板，如果我没记错，2207应该是一家广告代理公司。

"啊，常先生，有您的包裹。"黄小玲站起身，把刚才代签收的那份快递拿给他。我发现黄小玲对这里除了我之外的所有客户都用敬语"您"来称呼，唯独叫我"沈大师"这个绰号。为什么我会被如此差别化对待呢？

姓常的男人接过包裹，用轻佻的语气对黄小玲说："谢谢你啊，美女。"

常先生拿着包裹拐进回廊西侧。他离开前台后，我悄悄地对黄小玲说："我记得你上次说过，2207的老板有偷窥癖吧？"

黄小玲立刻伸出食指放在嘴边，做嘘声状："嘘！轻点。"随即她一脸害怕的表情，猛地点点头。

这个办公区里真是什么人都有啊……上次2221室是个变态女人，这次又来个偷窥狂。我突然十分好奇，刚才那个偷窥狂的包裹里，究竟装着什么东西呢？

每天机械般的工作任务总是让八小时变得很漫长。到了晚上6点，我开始收拾东西准备下班。来到前台，我看见黄小玲正站在门口用手机自拍。

"哟，上班时间玩自拍？"我故意逗她。

"还不是在等你们下班，我要最后一个走锁门啊。"她嘟了嘟嘴。

"啊，不好意思，"我挠挠头向她道歉，"今天有点晚了，我现在下班了，你可以走了。"

"还不能走啊！"她露出困惑的表情，"常先生还没下班呢……"

"他这么晚在忙啥啊？"

"好像在打电话……"黄小玲凑到我耳边，一股淡淡的清香扑鼻而来，"刚才我经过2207门口，不小心听见他在讲电话，尽说些煽情的话，电话那头一定是个无知少女。"

"你是故意偷听的吧。"我眯起眼睛看着她。

黄小玲摆摆手："哪有！不过那个常老板真的很奇怪，今天下午又有一份寄给他的快递，因为邮费要收件方付，我就到2207找他……你猜我看见什么?"

"看见什么?"我的胃口被她吊了起来。

"我看见他正在浏览一家购物网站,"黄小玲眯起眼睛,"那家网站是专门卖女性用品的,什么女装啊、毛绒玩具之类的,他一个大男人看这些干吗?"

"这有什么好奇怪的……"我置若罔闻,"可能要买礼物送人吧,也许就是送给那个跟他讲电话的'无知少女'。"

正当我和我黄小玲聊得起劲时,常老板拎着一个公文包从2207出来了。他看到前台的我们,直接无视我的存在,只对黄小玲说:"不好意思啊美女,今天有些忙,我走了,你也早点回去吧。"

"好的,您走好。"黄小玲礼貌性地回了他一句。随后,我和黄小玲关上玻璃门,电子锁自动将门上锁,我们便离开了空无一人的办公区。

2

翌日,天气转晴,我的心情也舒畅不少,便早早来到公司。这几天我的老板马可同往常一样都不在公司里,每天依旧是我一个人独守 2222 室的空房。

一走出电梯,我就看见黄小玲那张有些惆怅的脸。

"怎么啦?"我上前问道。

她望着我,踌躇了几秒钟,随即从前台下方取出一个方形盒子,说:"今天早上有人把这包东西放在前台的桌子上。"

我好奇地打量了一番眼前的盒子，这是个长宽高都在30厘米左右的正方形纸盒。盒子外面包着一层华丽的彩纸。打开翻盖，只见里面放着一只小熊毛绒玩具。

"这是谁送给你的？"

"我也不知道呀，"黄小玲一脸困惑，"还有一张卡片呢。"说完她将手里的一张东西递给我。

我接过卡片，发现上面有一个丘比特图案，边上还画了一颗爱心，正中央用工整的字体写了一句话：你是我的天使。

我咂了咂嘴："谁这么肉麻啊？"

"我本来还以为是你呢……"黄小玲用怀疑的目光盯着我。

"怎、怎么可能！我才不会做这种事情呢。你粉丝这么多，指不定是这里的哪个人暗恋你。"

"那你帮我找出送礼物的人是谁吧。"她的语气像是在恳求。

虽然不是很情愿，但我也没办法拒绝她的请求，只得先答应道："我试试看吧，不过也许过几天就有人过来直接跟你表白了，人家一开始可能不好意思。"

黄小玲没有理我，她收好那只毛绒小熊，看了一眼桌子底下的垃圾纸篓，随后拿起那个空纸盒走到外面，将纸盒扔进楼道里的大垃圾桶内。

等她回来的时候，我告诉她我的第一怀疑对象："这个毛绒玩具的大小和昨天常老板收到的包裹大小差不多，会不会是他呢？而且你昨天也说过，他正在浏览的那个购物网站有卖毛绒玩具吧？可能你闯进2207的那一刻，他正在查看订单物流信息也说不定。"

"啊？你确定吗？"黄小玲嫌弃地看了一眼那只小熊。

我继续分析："你看哦，昨天我们是最后离开的，当时你亲手将办公区的玻璃门关上并上锁，而每天早上你都是第一个到这边，也是第一个开门的。在这期间，有人将毛绒小熊放在前台的桌子上，那么这个人一定有这里的电子锁门卡，不然他是无法进入这里的。由此得知，送礼物的一定是这里的租户之一，当然也不能排除持有门卡的保安和写字楼的工作人员。"

阐明这个最简单的逻辑，我进一步思考着。二十二层的办公区有二十几家公司，即使有了嫌疑人范围，目前也完全无法锁定准确目标。我只能暂且将屎盆子随便扣在我最讨厌的那个偷窥狂常老板头上。

"不管，反正你要帮我查出是谁……不然总觉得怪怪的。"黄小玲露出苦闷的神情，再次向我下令。

我望了一眼前台上方的天花板，那里装有一个监视摄像头。在上次"塑料模特事件"的时候这个摄像头就已经坏了，前几天刚拿去厂商修理，因此这次也无法依赖它找到嫌疑人。这一层还有个摄像头安装在电梯外，但如果送礼物的嫌疑人是从安全楼梯潜入的话，电梯外的摄像头便形同虚设。况且楼道内也有一部能掩人耳目的货梯。

目前能了解到的信息就这么多，那张卡片上的字迹一看就是刻意伪装过的，也无法从中获得更多线索。

之后的两天，礼物没再出现过，也没有人来跟黄小玲告白。

我和黄小玲也差不多忘记了这件事。

3

这一天是周五，没什么工作的心情，我一早便买了两份生煎馒头，准备到公司好好填饱空荡荡的肚子。

"生煎吃不吃？热的哦。"我端着生煎诱惑黄小玲。

她看了一眼生煎，小声嘀咕道："没心情。"看到她垂头丧气的样子，我产生了一种预感。

"不会又收到礼物了吧？"

黄小玲点点头，接着从桌子底下取出一个扁圆形的曲奇饼干罐："这次送了这个。"

"好大一罐曲奇啊，也是装在纸盒里送来的吗？"我放下手里的两份生煎包，端起饼干罐查看了一番。这是一罐未拆封的曲奇饼干，很常见的牌子，超市和食品商店都有得卖。

"嗯，是装在纸盒里的，"黄小玲回答，"和上次一样，盒子外面贴了一层彩纸。"

"盒子呢？"

"被我扔了，桌上还是放了一张卡片。"

我拿起卡片，上面的图案和上次一样，只是正中央的那句话变成了：我好喜欢你。这几个字依旧是用伪装过的工整字体写成。

"这人真无聊，"我对这种表白方式很是反感，"一点诚意都没有，要表白好歹留个署名和收信人啊，这样不明不白算什么？"

"话说……"黄小玲眨了眨眼睛，"盒子和卡片上都没有写收

37

件者的名字，这些礼物会不会不是给我的啊？送礼物的人只是把东西放在前台，我就以为一定是给我的，也许他是想让我转交给这里的某个人呢？"

"你的说法也不无道理，但既然要你转交，为什么不写明要转交的对象呢？这样直接把东西丢在前台，只能顺理成章地认为礼物是给你的吧。"

"那为什么不写我的名字呢？"

"难道送礼物的人不知道你的名字？"

"不可能啊，办公区里的人应该都知道我的名字啊，即使不知道名字，姓总该知道吧。"

我沉思了一会儿，实在理不清这件事的头绪。回到自己的工作间，我匆匆吃掉了生煎馒头。

为了不影响工作环境，我端着油腻腻的一次性空饭盒走出办公区，拐进楼道，扔到空无一物的垃圾桶里。回到前台时，我决定安慰一下黄小玲："别愁眉苦脸的了，有人送你礼物还不好啊，兴许是个帅哥呢。"

可这样的安慰似乎起到了反效果，黄小玲白了我一眼，说："也可能是那个偷窥狂啊……想到那个人我就一身鸡皮疙瘩。说不定就是他，他昨天下午又收了一份快递，里面装的大概就是这罐饼干。你说不可能这么巧吧，每次有快递寄给他的第二天我就收到一份礼物。"

"唔……是有可能。常老板貌似是对你有意思，"我不负责任地附和道，"那你昨天有没有闯进他的办公室？有没有看见什么不寻常的东西？"

"谁要闯进去啊？"黄小玲摆出鄙夷的表情，"这次我学会先敲门了，好像也没看到什么特别的东西，电脑屏幕上也是正常的工作界面。"

"突然就正经了啊……"我苦笑了一下。

黄小玲瞥了我一眼："呸，男人没一个正经的。"

4

周末的两天，我又被打回"废宅"的原形，整日待在家里玩游戏看漫画。说实话，这次的"礼物事件"，我对事件本身并不是很在意，这件事对黄小玲的工作和生活并未造成很大的影响，况且送礼物的人也未必对黄小玲怀有恶意。唯一在意的地方，可能就是身边多了一个情敌吧……

周一，我像往常一样去公司上班。这一天礼物没再出现，黄小玲的脸上又多了几分开朗。但到了下午，我的手机突然弹出好几条微信提示消息。我打开微信，看见黄小玲发来一条信息："刚才常老板又收到一份快递！"

"那又怎么啦？你还在怀疑他？"我飞快地打出这几个字。

"他拆快递的时候我偷偷在门缝瞄了一眼，你猜里面是什么？"

"是什么呀？"我脑中浮现出各种奇奇怪怪的物件。

"是丝袜！"

"也许是送给他妞头的呢？"

"我受不了了……要是明天一早我再收到一个装着丝袜的礼

盒，我会疯掉的！"

"你多虑了吧。"我的态度有些轻描淡写，觉得黄小玲太过大惊小怪。

之后黄小玲没再理我，我能想象手机屏幕那头那张忧心忡忡的脸。不过现在什么事都没发生，人家只不过买了双丝袜，总不能无凭无据就跑过去把常老板教训一顿吧。

到了下班时间，等所有人都离开后，我开始和黄小玲商量下一步的对策。说实话再这样下去，我恨不得自己买个监控探头偷偷安装在前台，看看送礼物的人到底是何方神圣。

"没办法了，用密码锁门吧。"黄小玲嘀咕了一句，随即走到玻璃门外的电子锁前捣鼓着。

"你在干什么？"我凑过去问。

"设密码啊，这里的电子锁有密码功能，设了密码之后即使有钥匙卡也没办法打开玻璃门，只有输入正确的密码才能解锁。"黄小玲向我解释。在电子锁的键盘上按下几个数字之后，她走到玻璃门前将大门关上。

我上前推了推玻璃门，确定门已经上了锁。

黄小玲呼出一口气，说："好了，大功告成，现在全世界只有我知道密码，没有人进得去了。"

为了验证黄小玲的话，我拿出钥匙卡，和以前一样在电子锁前端扫了一下，但并没有听到"哔"的一声。我又推了推玻璃门，纹丝不动。

"哈哈，没错吧，"黄小玲露出得意的笑容，"一定要先输入密码，门卡才能起作用。"

"至于吗你？"我瞥了她一眼，"搞得这里像秘密基地似的……万一人家有重要的东西没拿晚上回来取呢？"

"一般不会出现这种情况，"黄小玲语气坚定地说，"明天我比往常早一点过来开门吧。"

我突然开始同情起那位送礼物的仁兄了。如果他真打算今晚送出第三份礼物，必定要吃闭门羹，不知道他会作何反应。

第二天，因为知道黄小玲要早到，我也早早出了门。到了 A 座写字楼门口，正巧遇到她从对面车站走过来。这是我第一次见到黄小玲穿便装，潇洒简约的着装和她工作时的干练形象判若两人。

"早上好，沈大师，"这是黄小玲第一次在公司外跟我问早，"你也这么早啊？"

"是啊，今天事情多，早点过来。"我撒了个谎。

同黄小玲一起坐电梯到二十二楼，走到办公区的玻璃门前，黄小玲先在电子锁上输入昨天设置的六位密码。听到密码正确的提示音后，她又从包里取出钥匙卡，将其放在电子锁前端扫了一下。随着"哔"的一声，玻璃门解锁。

推开玻璃门，进入办公区，前台的桌子上赫然出现一个表面贴有彩纸的大纸盒。

"这……怎么可能？"黄小玲惊呼，她的脸上写满问号。

我疾步上前抓起纸盒，快速拆开盒盖。盒子的分量并不重。

41

装在纸盒里的——是一包包全新的丝袜。我一下将它们全部倒出，各种款式和颜色的丝袜摊开在桌子上。同时，我拾起被压在纸盒下面的那张卡片，依然是那个熟悉的丘比特图案，正中央用工整的字体写着：请接受我的爱。

"他是怎么进来的？"我终于从这起事件中嗅到谜的气息。密码锁根本阻挡不了送礼者，第三份礼物照样神不知鬼不觉地出现在前台。这个送礼物的人，现在是不是正躲在某处嘲笑我们的无能呢？

"明明设了密码啊！"黄小玲缓步走到桌子前，不知道接下来该怎么办。

5

"不会是你昨天偷看到密码了吧！"黄小玲突然别过头，怀疑地瞅着我。

"怎么可能……"我连忙否认，"会不会是大厦保安之类的把密码解除了呢？"

"不可能。"黄小玲走到前台后方，拿起桌上的空纸盒。接着，她把桌面上的丝袜连同卡片全都扔进盒子，然后说："不输入正确密码是不可能解锁的，大厦保安来了也没用，除非强行把玻璃门敲开，否则不可能进得来。"说完她拎着手里的纸盒走出玻璃门，像上次一样将盒子扔进楼道的垃圾桶内。

"这就奇怪了，怎么这么诡异？"我转过头问黄小玲，"能告诉我你设的密码吗？是不是你的生日之类比较容易让人猜到的数字啊？"

"当然不是，"黄小玲从包里拿出制服，准备去换衣服，"密码是我即兴想的，是我偶像的年龄加上这里电话号码的后两位再加我自己微信号的前两位，这怎么可能猜到？"

"好复杂……"

六位数密码，从"000000"到"999999"——就是有一百万种可能性。就算试一次密码需要五秒钟，短短一个晚上也不可能全部试完。即使不需要全部试完，送礼者真的有这个精力在什么线索都没有的情况下一个个去猜吗？而且还正巧被他猜中了？这个概率简直小得微乎其微。一定有什么别的方法，送礼者一定用了什么更可行的方法潜入这里。

趁黄小玲去更衣间换衣服之际，我独自站在门口思考送礼者的潜入途径。开放式办公区只有玻璃门一个出入口，外围的所有窗户都装设了防盗铁栏，因此也做不到像《碟中谍4》那样从高楼外墙攀爬进来。但在下这个结论之前，等会儿还必须检查这里所有的窗户，确认防盗铁栏未被破坏过。

还有一种可能，就是送礼者在昨天锁门之前就一直躲在这里。这时换上工作服的黄小玲正好从更衣室走出来，我便向她求证这个假设的可能性。

"应该不会，"她摇了摇头，"我每天离开之前都一间间确认的，等所有人都走光了我才会下班。"

"那我再问一下，"我双手叉腰，看了一眼玻璃门，"这扇玻璃门上锁的时候，在里面的人如果要开门，只需要按一下这里的开关就可以了吧?"我指着内侧墙壁上的那个白色按键问。按键就在玻璃门的旁边,离地有一米多高。

"是啊。"黄小玲点点头。

"那么,如果晚上有人躲在办公区内,那人离开的时候只需按一下这个开关,门就能打开。我想问的是,这时候外面电子锁的密码会不会失效?"我继续提问。

"不会失效,"黄小玲拨了一下头发,肯定地说,"门外的电子锁和门内的按键开关在功能上互不影响。里面的人按下开关将门打开之后,如果门再次合上,它还会自动上锁,如果再要从外面开门,照样需要在电子锁上输入密码。可是……我不是说了不可能有人躲在这里吗?"

"好的,我知道了,"我确认了锁的功能后,又重复了一遍自己的理解,"就是说玻璃门上锁之后,在办公区里面的人只需按下墙上的开关,就能把门打开。而在办公区外面的人必须输入密码,并且刷一次钥匙卡才能打开玻璃门。是这个意思吗?"

"啊呀你烦不烦啊?"黄小玲一脸的不耐烦,"对,没错,可你问这个干什么呢?"

我没有回答黄小玲,自顾自地低头走到玻璃门前,将门关上。门立即自动上锁。随后我按了下墙上的开关,门又在"哔"声后解锁。那么,如果没办法在外面的密码锁上动手脚,会不会是在内侧的按键上做文章呢?

我顺着自己的思绪想了几个开门的方法,比如利用铁丝通过门缝勾住按键,等等。但在我观察了门缝的宽度和按键的位置之后，放弃了这个假想。

一时之间我找不到这个密室的突破口。现在黄小玲可能已经咬定送礼物的人就是常老板，就像她说的，每次常老板收到快递的第二天，前台就出现一份礼物。况且昨天黄小玲还看见快递送来的包裹里装了丝袜，今天她收到的礼物果真就是丝袜，这也太巧了吧？从表面上看，目前常老板确实嫌疑最大。但就算这一切真是常老板干的，他又是怎么突破密码锁的呢？

上午10点，上班的人陆陆续续进入办公区，一切又恢复到往日的忙碌状态。我调试了几段APP后台的程序代码，算是完成了上午的工作。临近中午，我正准备出去觅食，工作间的玻璃门突然被推开。黄小玲一边做着"嘘"的手势，一边蹑手蹑脚地走进来。

"怎么啦？"我吓了一跳。

黄小玲愁眉苦脸地拿出手机："我又被骚扰了！"说着她点开短信界面，打开其中一条短信，将手机递到我面前。这是一条"137"开头的陌生号码发来的短信，内容是："收到我的礼物了吗？我的天使，能不能接受我的爱，跟我永远在一起？"

"该不会是那个送礼者发来的吧？"我抬头望着黄小玲，"他是怎么知道你的手机号的？"

"我也奇怪啊！"黄小玲一头雾水，"这是我的私人手机号，按理说这里的租户都不知道呀。"

"会不会你告诉过谁，自己也忘了？"

"不可能！我是这么随便的人吗？"黄小玲摆出一张气鼓鼓

的脸。

随后，我用黄小玲的手机回拨了这个号。呼叫了几声之后，对方接起电话，却一直不发声音。直到我询问了一句"喂，你是谁"，对方便马上挂断了电话。可能一听是男人的声音，那人就果断挂了。之后无论是用黄小玲的手机还是用我的手机拨打过去，对方都处于关机状态。我在网上搜了一下这个陌生号码，只知道它是上海地区的。

"这人真是痴情一片啊。"无奈的我只得摇摇头。虽然表面装得满不在乎，其实我恨不得立刻抓到那个人暴打他一顿。毕竟这一系列的事件发展至今，已经转变成了骚扰的性质。黄小玲的情绪受到影响，我不能让事态再恶化下去。

"快帮我抓住那个人啊。"黄小玲又对我下了命令。

"交给我吧，"我拍了拍胸脯，内心的保护欲油然而生，"那么能给我你的手机号吗？"

"不给！抓到那个人再说！"黄小玲把门一甩，离开了我的工作间。

吃完宫保鸡丁盖浇饭外卖，我握着空塑料饭盒走到外面的楼道。一位清洁工大妈正将一个新的垃圾袋套进楼道的垃圾桶内。我上前将脏饭盒扔了进去。突然之间，某个画面浮现在我的脑际，我赶忙转过头，向那个清洁工问道："阿姨，我想问一下，你们每天一般什么时候换垃圾袋啊？"

清洁工愣了愣，旋即回答："我们每天中午换一次，晚上5点的时候再换一次。"

"每天都是这样吗？"

"是的呀，怎么了？"

"哦，没什么，辛苦了阿姨。"这时，一道闪电出现在我的脑海里。

我一边拼凑着脑中凌乱的碎片一边回到办公区，以至于没有留神，进门的时候差一点撞倒门旁的花瓶。

黄小玲看见我的举动，冲我指责道："你小心点啊，别打翻把水弄一地。"

"这里面有水？"我好奇地朝花瓶内窥视了一眼。里面确实有水，光滑的水面将微弱的灯光反射进我的眼睛。这一瞬间，脑中的拼图逐渐拼合起来。

我急忙走向黄小玲朝她吼道："快把你那天自拍的照片给我看看！"

"不给！"她果断拒绝。

"快点！事关重大！"我加大了嗓门。

黄小玲看我如此严肃，不太情愿地掏出手机，打开那天下班前她站在门口自拍的照片，举到我眼前。

我一把抓过手机，仔细查看起那几张照片。我注意到，其中一张照片的背景拍到了右侧的那瓶绿色植物。我将照片放大，仔细端详起那瓶植物。我发现，在芭蕉叶的上端，似乎挂着一根绿色的布条，不仔细看的话绝对不会注意，平常看到也只会认为那是植物的一部分。果然，我找到了我要的东西。

"看好了没有啊？快还给我，"黄小玲一脸不悦地抢回手机，"你好猥琐，就知道看人家照片。"

"放心吧，一切真相大白了。"我丢下这句话，便匆匆回到自己的 2222 室，打了一个电话。

下班的时候，我注意到，绿色布条又出现在了花瓶里。

6

晚上 9 点，A 座写字楼二十二层的楼道寂静无人，幽暗的灯光将这里的气氛渲染出几分异样。我和黄小玲悄悄地从楼道走出，缓缓移动到办公区入口。

"今晚真的能抓住那个人吗？"身后的黄小玲拍了拍我的肩膀，轻声问。

"他一定会来，我们在里面等着吧。"我用门卡打开玻璃门，领着黄小玲进入办公区。

一切准备就绪后，我原本是打算独自来这里伏击礼物骚扰狂的。但黄小玲知道我的计划后表示要加入，她也想尽快见识下骚扰狂的真面目。我和黄小玲躲进靠近入口的会客室，这里便是我们进行埋伏和监视的据点。

半个小时过去了，黄小玲坐在椅子上，哈欠连连。看得出她有些无聊，也十分疲倦。

"要不你先回去吧，这里我来。有消息了晚上给你打电话。"我从包里拿出一瓶矿泉水递给她，并提议道。

"不用不用，再熬一会儿。"她连忙摆摆手，眼睛始终注视着外面。隔着会客室的透明玻璃，办公区的入口能看得一清二楚。

已经过了10点，礼物骚扰狂仍旧没有出现，我也跟着焦急起来。

"你冷吗?"我回过头问黄小玲。毕竟现在的气候，到了夜里气温还是非常低的，更何况我们目前待在又黑又没有人的地方，心里还充满了紧张。

黄小玲摇摇头："没事，今晚不抓住那个人恐怕我也睡不着。"

正在这时，办公区的玻璃门外传来动静。紧接着，一个黑影徐徐地靠近玻璃门，似乎正在向内窥视。为避免被那个人发现，我和黄小玲赶紧低下头。

之后，那个人影似乎在等待着什么，他一直站在原地，并时不时地环顾四周。时间流逝得很慢，在我的意识中，至少过了45分钟，原本鸦雀无声的空间内突然发出一声刺耳的"哗"声。旋即，人影猛地推开玻璃门，大摇大摆地走进了办公区。人影将手里的一包东西放在了前台的桌子上。此时，我能听见自己快节奏的心跳声，是时候了!

我倏地站起身，三步并作两步飞奔出会客室，冲到玻璃门前，猛地将门一关，并按下墙上的电灯开关。黄色灯光顿时布满整个办公区。我伫立在门口，堵住这里唯一的出路。礼物骚扰狂在灯光的映照下显得十分愕然。

"原来是你!"黄小玲从会客室走出，她看到了那张熟悉的面孔。原来礼物骚扰狂的真实身份是快递员。

忽然间，对方迎面朝我扑过来，试图突破我的防线逃离这里。

这时，我也不知道哪来的气势，照着冲上来的那家伙的脸就是一拳。这一拳将我心中的怨气彻底释放了出来，我感觉自己的手都肿了。中了我一记重拳的快递员瘫倒在地上，脸上露出痛苦的表情。

原本我想喊一句"觉悟吧，你逃不掉的！"之类的台词，但话到嘴边又突然觉得很脑残，便放弃了这个念头。随后我只对地上的骚扰狂说了一句："对不起，没打疼你吧。"

黄小玲按捺不住心中的各种疑虑，急忙问我："他到底是怎么进来的？"

"很简单，"我转身指了指玻璃门的按键开关，"就是用这个开关。"

"可是他人在外面啊，要怎么按下里面的开关呢？"黄小玲看了一眼地上的快递员，继续问。

"我还记得上周一的早上，我来上班的时候外面下着暴雨，"我从头开始说明，"当时我拿着湿淋淋的雨伞从外面走进来，玻璃门锁着，我用钥匙卡打开门进入这里之后，门又立刻被我关上了，当然就自动上了锁。

"但是随即，门外的快递员突然推开门走了进来。今天下午，我回忆起这件事，觉得很不对劲。是的，那时候门明明已经锁上了，而理应没有钥匙卡的快递员又是怎么把门推开的呢？我努力回想当时的情况，突然让我想起一件事——在快递员推开门的前一刻，我做了一个动作——甩伞。

"没错，正是我的这个举动让理应已经上锁的玻璃门又自动打

50

开了。也许是安装时的失误，这个开关有一个漏洞——只要有水滴渗入进去，开关内部的线路就会短路，在极短的时间内能够让电子锁的整个电路通路，从而达到'按下开关'的效果，使电子锁开启。那天早上，我甩伞的时候，雨伞上的水滴溅到了墙上的开关，水滴渗透到开关内部，于是，门解锁了。而恰巧此时，快递员走到门口，无意中将门推开。现在回想起来，当时的确有一声电子锁解锁时的'哔'声。但那时外面的雨声很大，加上我又在想别的事情，可能一时没有注意到。

"因此，他不必亲自按下门内的开关，只要想个办法让水珠滴进开关的缝隙中，门就能自动打开。而这位快递员先生正是当时发觉到了我甩伞的动作与门被解锁之间的联系，才有了之后的礼物骚扰事件。"

"就跟我的手表一样啊……那他到底是怎么让水流进开关里的呢？"黄小玲睁大眼睛，进一步问。

"利用这个，"我从花瓶里抽出那根绿色布条，继续解释，"他只要趁着每天来送快递的间隙，偷偷将这根绿色布条塞到花瓶里，并让布条的另一端挂在植物的枝叶上，同时对准开关的上部，机关就布置完毕了。

"你知道毛细作用吗？这是一种物理现象，将一根极细的管子插入水中，由于表面张力等因素，水便会克服重力顺着细管往上爬。而我们平时用的毛巾、餐巾纸，甚至粉笔，它们的内部就分布着许多小细管，就和这根绿色布条一样。因毛细作用，花瓶里的水便会顺着绿色布条一点点上升到布条的顶端。当水积累得越

51

来越多时，就会从布条的另一端滴落。而花瓶摆在开关的边上，高度也差不多，水珠能够精准地滴入开关的上部。就在那一瞬间，线路短路，门被解锁———一直守候在门外的这位快递员先生便可自由进入这里。留下礼物之后，他只要抽走布条，擦干水迹，直接把门关上离开即可。而此时门又会重新上锁，即使电子锁设了密码，这招也完全行得通。

"我之所以知道骚扰狂是个快递员，原因有几点。首先，你手机里自拍的那张照片，那是你上周一下班前拍的，这时候背后的花瓶里就已经被放进了绿色布条。这就表示，送第一份礼物的时候，骚扰狂就已经使用了这个诡计潜入这里。那时候，电子锁并没有设密码。如果骚扰狂是办公区的租户，一定拥有电子锁的钥匙卡，根本没必要用此举开门。所以我推测，骚扰狂一定是外部人员。总之，这三次事件，他都是利用这个机关来开门的。即使第三次我们设了密码，对他也毫无影响。

"其次，之前你怀疑骚扰狂是常老板，理由是每次他收到快递的第二天，你都会收到礼物。那么，这个理由同样也适用于这位快递员先生。每次送到这里的快递，只要是这家快递公司负责运送，都是由这位快递员送过来的。所以确切地说，应该是每次这位快递员来过这里的第二天，你都会收到礼物。当然，每次过来，他必须得趁你离开前台的时候才有机会布置布条机关。幸好，那个常老板的快递几乎每次都是'到付'，所以你每次都得去2207室叫他本人支付邮费。快递员先生正是趁这个时机将绿色布条偷偷放入花瓶。顺带一提，之所以选用绿色，是为了和植物的颜色保持一致，不容易被察觉。我想，快递员先生之前必定用布条做过试验，计算过水滴蔓延到布条顶端的时间。到了晚上差不多的时候，他悄悄从没有监控的楼道潜入这里，等待门被解锁的一刹那。只要一听到'哔'的一声，他就推开玻璃门，将礼物送进来。

"另外，那张和礼物一起送来的卡片上，从来不写收件人的名字。但是，骚扰狂又知道你的私人手机号，这一点我也觉得很奇怪。当我联想到骚扰狂是快递员时，这两个问题都迎刃而解了。

"首先，这位快递员先生平时经常到这里送快递，应该也给你本人送过包裹。然而，无论是代签收还是本人签收，为了图方便，你都是直接用邮件签收章盖章，不会留下自己的签名。另外，快递单的收件人一栏里虽然有你的名字，但快递员亦无法确认这到底是你的本名，还是寄件人给你起的绰号。有时候朋友间开玩笑，寄快递的时候经常不写真名，而是写对方的昵称或绰号。这种事情身为快递员的他应该经常遇到。就像我平常给某个作者朋友寄东西，也是在收件人一栏里直接写他的笔名。更何况'黄小玲'这个名字也比较像昵称。因此，他不敢贸然将名字写在卡片上，否则极有可能暴露送礼者就是快递员。但是，快递单上的手机号是真实的。这位快递员先生从以前寄给你的邮件中摘录下你的手机号。所以这个'只知道手机号但不知道名字'的特征完全符合快递员这份职业。

"当我确认了这点之后，为了引他上钩，今天中午特地叫朋友寄了份快递给我，指定这家快递公司，还加了急，要求下午必须送达。前几次的快递也都是下午送过来的，这并不是巧合，而是

53

为了确保水滴落在开关上的时间是夜晚，并且降低布条被人发现的概率。当然，我不确保今天一定能成功，也许骚扰狂还没有准备好第四份礼物。但当我收到他送来的快递，并在下班前看到绿色布条再次出现在花瓶里的时候，我确信他今天晚上一定会来，于是就躲在这里候着。"

黄小玲听完我的长篇大论，露出豁然开朗的神情。而那位至今没说过话的快递员，此时则一脸的不服气，背靠前台，一声不吭地坐在地上。

7

"我之所以这么急着抓到你，是因为我意识到某件很严重的事，"我直视着坐在地上的快递员，"首先，我发现，你每次送来的礼物都有一个明显特点。第一次的小熊玩偶，第二次的曲奇饼干，第三次的丝袜——它们所占的空间都很大。这是为什么呢？进一步思考，礼物所占的空间大，那么装它们的盒子必然也得很大。"

"你在说什么呀？"黄小玲又陷入了迷茫。

"别打断我，听我说完，"我咽了咽口水继续说，"总之，你是为了使用更大的盒子，才特意挑选大件礼物。因此，第三次的丝袜，你也塞了好多包进去，如果盒子里只放一包，便不需要这么大的盒子，那样会显得很不自然。

"那么，你为什么要这么做呢？我猜，你特意选取大盒子，主要有两个目的。第一，盒子越大，附在盒子表面的彩纸也就越多；

第二，黄小玲拆开礼物后，必然会做一件事——将盒子扔掉。但是，办公区里的垃圾纸篓都很小，如此大体积的盒子，即使把它压扁，丢在纸篓里也非常占空间。于是，黄小玲只能把盒子扔进外面楼道的大垃圾桶里。这就是骚扰狂使用大盒子的第二个目的——便于回收。

"记得上周五早晨，也就是黄小玲收到第二份礼物的那天，我吃完生煎，为了不污染工作环境，我将饭盒扔到了楼道的垃圾桶内。那时候，垃圾桶里空无一物。今天，我问了这里的清洁工，她告诉我，她们只有在每天中午和晚上才会更换桶内的垃圾袋。那么，上周五的早晨，我去扔饭盒的时候，垃圾袋理应还没有换过。在那之前，黄小玲已经将装曲奇饼干的纸盒扔了进去。但是，为什么纸盒不见了呢？这样分析，纸盒一定是被人拿走了。而那个拿走盒子的人，就是你。到这里都没有问题吧？

"只要盒子被扔到楼道里，你就有机会将它拿走。因为快递员的工作时间相对自由，每次黄小玲收到礼物的早晨，你都会偷偷来到这里，躲在楼道内，待黄小玲将包装盒扔出去之后，你就马上把盒子回收带走。那么，你回收盒子的目的是什么呢？回到刚才说的——其实你需要回收的是黄小玲摸过的彩纸。确切地说——你需要沾有黄小玲指纹的彩纸，而且越多越好！

"如果黄小玲没有将纸盒扔到外面，而是扔在办公区的小垃圾纸篓内，你就无法立刻回收。这样的话，纸篓里如果再扔进别的垃圾，覆盖到彩纸上，可能就会污染到黄小玲的指纹。

"当我思考到这里的时候，突然意识到事态的严重性。我继续分析——你为什么需要沾有黄小玲指纹的彩纸？接下来，可能都是我自己的臆想，也是我对这起事件最坏的看法，如果有什么不对，请你更正。

"我开始试着揣摩你的动机。你隔三岔五到这里送快递，可能很早就喜欢上了黄小玲。但你不善于表达。这次你找到了机会，风雨无阻地给黄小玲送礼物。目的之一，便是想通过此举表达你的爱慕之情。但你又怕遭到对方的鄙视和拒绝，所以没有暴露自己。与此同时，你制定了一个备用计划。

"这个备用计划便是——一旦你的礼物行动失败，黄小玲彻底拒绝你之后，你就一不做二不休，掳走黄小玲，对其进行人身侵犯。今天送出第三份礼物之后，为了确认黄小玲的心意，你特意发短信来询问。但是，给你回电话的是我。并且，你回收纸盒的时候应该也发现，她把你送的丝袜全都扔了。所以我担心你受到刺激，会提前实施备用计划。因此我必须尽快抓到你。"

听到我的这番话，黄小玲大惊失色。而地上的快递员则面部紧绷，仍旧一语不发。

我继续说："事后，如果黄小玲报警，你就声称自己和黄小玲关系亲密，甚至是正在交往的男女朋友，一切都是你情我愿。为了佐证你的话，你必须收集大量沾有黄小玲指纹的彩纸。你将收集来的彩纸剪成漂亮的图案，贴在自家的墙上作为装饰，或者用这些纸折叠成各种小饰品，放在自己家里。到时候，你就对警方说这些都是黄小玲亲手做了送给自己的，墙上的彩纸也是黄小玲来你家亲自为你贴的。当警察验出彩纸上确有黄小玲的指纹时，就会相信你的话。这样，你或许就能逃脱法律的制裁。

"当然，这都是你的一厢情愿。你或许还准备潜入黄小玲的住所，偷一点她的私人物品放在自己家里，以证明你们的关系'确有其事'。但是指纹这种东西，是无法一次性转移走的。所以你想到这招，利用黄小玲摸过的彩纸，来伪造她经常去你家的痕迹。我想，你的原计划可能要更直接一点。比如直接把黄小玲迷晕，再慢慢套取指纹，但那之后可能没有充足的时间来布置彩纸饰品。况且，你不会开车，也无法轻易将晕厥的黄小玲带到自己家，让她摸遍家里的物品。所以权衡之下，你才选择了送礼物这招，在你正式实施备用计划之前，先慢慢布置好一切。

"你每次都要强行进入上锁的办公区，表明你的意图不简单。如果只是单纯地把礼物留在门口，可能会被清洁工捡走，留下清洁工的指纹，这就破坏了你的计划。所以，你不得不亲自把礼物放到前台，这样就能确保，彩纸上只会沾上黄小玲的指纹。

"可惜，你的备用计划还是太过想当然。首先，性侵犯的定罪涉及多种因素，被害者的证言，旁人的证言都会被列入主要证据范围。除了你自己之外，我想没有第二个人会站出来作证说黄小玲跟你关系亲密。你低估了我国的法律制度。另外，黄小玲收到礼物后都会来找我商量，我可以证明这些彩纸真正的来源。况且，第一份礼物和第三份礼物的外包装我也摸过，上面沾有我的指纹。"

说完以上这些，我感到口干舌燥。

黄小玲满脸通红，她冲到那个快递员面前，狠狠地给了他一记耳光，并骂道："变态！不要脸！"

"不是的……"快递员带着哭腔辩解，刚才被我打肿的脸现在更肿了，"我只是想收藏她摸过的纸而已，根本没有后面的事情……是真的，请你们相信我……我再也不敢了。"说完他跪在了黄小玲面前不断求饶。

"滚！以后别让我看见你。"黄小玲指着门口，对男人嚷道。

快递员赶紧拿上未知的第四份礼物，连滚带爬地逃了出去。

临走之前我还特意警告他，如果再敢骚扰黄小玲，我就报警告他私闯办公楼意图盗窃。"好了，没事了。"我冲黄小玲愉悦地一笑。

"你也滚！"没想到黄小玲瞪着我吼了一句，"你怎么这么邪恶？居然……居然会想到这种事情！我不想理你了。"说完这句话，她气冲冲地离开了。

空旷的二十二层只剩下我一个人呆立在原地。我无法判断刚才对礼物骚扰狂深层次的动机推测是否准确。但也许有时候想得太多，是好事也是坏事。

8

为了跟黄小玲道歉，第二天一早，我第一个到公司，买了一大堆吃的放在她桌子上。没过多久，就看到她发来的微信。

"那些东西是你买的？！"

"是啊……对不起，昨天只顾着自己推理，没顾及你的感受……"

"噢哟妈呀，吓死我了，我以为又被骚扰了……"

"我只是过于担心你的安危……"

"你是要跟我赔罪咯？"

"算是吧……"

"算了，姐姐大人有大量，不跟你计较。没有你，最后也逮不到那个变态。不过，如果送礼物的人一直是那个快递员，那常老板每次收到的包裹又都是什么呢？还有他买的丝袜……"

"购物网站和丝袜可能都只是巧合吧，至于他收到的其他东西是什么，那是人家的隐私，跟我们也没关系。"

"那么，那个变态快递员为什么一定要在晚上偷偷溜进来啊？他为什么不直接把那些东西寄给我呢？"

"我想，要是寄给你的话，如果是找别的快递公司，那么他无法准确掌握礼物的送达时间，也就未必能够顺利回收彩纸。毕竟他不可能 24 小时守候在楼道里。而如果是他亲自送过来，或许当着你的面，亲手把自己准备的礼物交到你手里，他怕自己紧张得露出马脚吧。况且从心理层面来看，这类人可能更喜欢偷偷摸摸接近异性的方式。"

"你也喜欢偷偷摸摸吗？"

"当然不是！"

"那刚才给我买吃的为什么不留名？"

"……"

"没话说了吧？"

"对了……那个，能不能告诉我你的手机号？你说过只要我帮你抓到礼物骚扰狂……"

"好啦，把你的手机拿过来。"

59

白色愚人节

1

"沈大师，我要喝牛奶，给我带一盒上来吧，谢谢咯！"

一收到这条微信，我就立即掉头走向便利店。

今天是周六，我仍然来上班的原因有两个。首先，公司运营的"易物"APP要新增一个交友模块。这个模块下周一必须上线，我要赶在这之前重新调试一遍代码，解决个别漏洞问题。但醉翁之意不在酒，实际上我今天来加班的真正目的——是想约办公区的前台小姐黄小玲吃一顿晚餐。由于她今天正好也要加班，所以我打算下班后找她"顺便"一起吃个饭。

黄小玲知道我今天会过来，一大清早就发微信差遣我给她买牛奶。而我似乎也很享受这种被她差遣的感觉，仿佛已经成为我生活的一部分。

虽然还是春季，今天的气温却异常的高。阳光既刺眼又灼热，体感很不舒服，没走几步就大汗淋漓。

我走进写字楼附近的便利店，直奔冷藏货架。扫了一眼货架上的商品，却发现货架第二层空空如也，仅剩下一盒150毫升的纯牛奶。眼明手快的我刚想拿走那盒牛奶，一只比我更迅速的手却抢在我前面抓走了它。我猛一回头，身后是一个年轻男人，穿着一件又脏又旧的墨绿色夹克衫。他将牛奶放进自己的购物篮。我的视线顺着他的动作移向购物篮，惊异地发现篮子里放满了各类品牌和包装的牛奶……我总算明白了货架被清空的原因。

这个人为什么要把便利店所有的牛奶都买光？牛奶的保质期非常短，这能喝得掉吗？

我在心中骂了一句，本想追过去跟那男的商量一下，让他匀一盒牛奶给我。哪知道对方已经结完账匆匆离开。望着他的背影，我总感觉似曾相识。

无奈，我只得绕远路跑到另一家超市。那个男人到底要用这些牛奶做什么？我一路上都在思考这个问题。制作大量的蛋糕？洗牛奶浴？举办喝牛奶大赛？毫无选择性地买走所有牛奶，这种行为太过古怪。我预感这些牛奶对那个男人一定有特殊的用途。

2

怀着郁闷和疑惑，我踏入五角场 A 座写字楼，坐电梯来到熟悉的二十二层。因为是周六，和平常繁忙的景象相比，今天办公区显得有些冷清。

办公区 2222 室就是我所在的一家私人创业公司，我的老板马可常年在外跑业务，平时公司里基本上就我一个人，今天也不例外。

我拎着一大袋牛奶走进办公区，边抹着额头的汗，边将袋子放到前台的桌子上。身穿工作服的黄小玲看到眼前满满一袋牛奶，极为诧异地瞪大眼睛："干吗买那么多啊?！我只叫你带一盒……"

我呼出一口气："我怕被人买光……"

"你有病啊！"

这时我发现黄小玲似乎有些愁眉苦脸，忙问道："怎么啦？有心事？"

她叹了口气，可怜兮兮地望着我说："沈大师，我下周可能就要走了……"

"走？走去哪里？"我急切地问。

"爸爸升职后要到韩国的分部去工作，全家也要一起搬到韩国定居，我已经交了辞职报告，今天是我在这里上班的最后一天，很感谢你这段时间的照顾。"黄小玲露出不舍的神情。

"这……怎么这么突然？"血液冲上我的头顶，我无法接受以后再也见不到黄小玲的事实。是她每天早晨的一抹微笑给了我成为一名"社会人"的勇气。

正在我内心百感交集之时，黄小玲突然捂住嘴，噗嗤一下笑出了声。见我发现她的异状，她突然指着我放声大笑："哈哈哈哈哈哈，沈大师你太好骗啦！这么离谱的谎言你也相信啊？去韩国……哈哈哈哈哈……"

我看到黄小玲笑得已经停不下来，这才意识到自己被骗了。我恍然大悟："哦！今天是 4 月 1 日啊……愚人节！"我表面装作很生气的样子，心里却松了一口气，庆幸这只是一个谎言。

黄小玲一边回味着我被她骗到时的窘态，一边拿出袋子里的牛奶，满足地喝了起来。

这么多牛奶她一个人也喝不完，于是我也拿了一盒回到自己的工作间。因为是周末，办公区里人不多，只有少数公司还有人加班。

我斜对面的 2216 和 2217 是两间空房，目前正在装修。听黄小玲说，千鼎集团准备将这两间房打通，装潢成一个大工作间外租出去。此刻装修的噪声让我十分烦躁。

抿了一口牛奶，一股乳香味弥漫在口中。虽然我爱喝牛奶，但很不幸地患有"乳糖不耐受"，多喝就会拉肚子。于是我将牛奶盒的开口重新折好，打算先放进冰箱，下午再慢慢喝。我捧着牛奶来到餐饮区，冰箱在餐饮区最靠里的位置。打开冰箱，我发现冷藏室已经被塞满。除了饭盒和饮料之外，里面还有一些水果。这时我注意到，放在深处的两个甜瓜出现了腐斑，还散发出一股霉味，已经不能吃了。古道热肠的我将两只体积不小的甜瓜取出来，扔进餐饮区的垃圾桶里。窄小的垃圾桶瞬间就被填满了。这下冰箱被腾出了足够的空间，我将牛奶放了进去。此时，一阵高跟鞋的脚步声朝这边传来。

"你在这边鬼鬼祟祟的干吗？"黄小玲从餐饮区外探出脑袋。

"没……没有啊，谁鬼鬼祟祟了？"我指着垃圾桶里的甜瓜说，"这两个瓜烂掉了，我把它们扔了。"

这时黄小玲将放在背后的手伸到我面前，说："这个给你，我买的。"她的手里握着一只苹果。

"啊？谢谢！"我很高兴地接过这份小礼物，但马上提高了警惕："这不会又是什么愚人节的玩笑吧？里面注射了咳嗽药水？"

"注射你个头！爱吃不吃！"黄小玲生气地板起脸。

看来因为早上的那一次，我现在已经过度敏感，时刻提防着愚人节的诡计。这时我看见黄小玲的另一只手上还有一只苹果，便问："这个是给谁的？"

黄小玲看了看苹果："哦，这个给2216的装修工人，他一个人在这边忙个不停，挺辛苦的。"

提到装修，我马上一肚子苦水："这装修什么时候能结束呀？吵得我没法工作。"

"过几天就好了，今天中午之前应该能把地板和地砖铺好，下周就可以搬办公家具进来，不会吵你太久的。"

"但愿如此。"

"今天下午集团领导还要来检查装修进度，我又要见到不想见的人了……"黄小玲一脸苦闷地抱怨道。她所说的领导是指她的主管，一个尖酸刻薄的更年期妇女。在之前的"赤色模特"事件中我领教过她的本事。

"她周六都这么敬业啊？"我撇了撇嘴。

闲聊完毕后，我回到了自己的工作间，正式切换成工作模式。过了一会儿，我突然听见门外传来一声黄小玲的惊叹声。出于好奇，我走出工作间，望见黄小玲正站在2215室的门口跟一个女人说话。2215室是一家婚礼策划公司，那个女人是这家公司的行政助理，名叫刁婷，25岁出头，和黄小玲差不多大。因为"刁"这个姓比较独特，而且这人和黄小玲都是韩剧迷，之前经常听黄小玲提起她，我也就记住了这个名字。

刁婷一头波浪卷长发，穿着打扮十分洋气，脚下的米色圆头高跟鞋彰显出几分个性。而黄小玲站在她面前，显得娇小许多。

刁婷正拿着一本类似书本的东西，在向黄小玲炫耀着什么。黄小玲的目光中充满了羡慕。

"哇，这真的是金宇彬的限量写真啊！好棒！"黄小玲目不转睛地望着刁婷手里的东西赞叹道。金宇彬是一位韩国男星，也是黄小玲的偶像。刁婷手里拿着的，正是金宇彬的限量写真集，难怪黄小玲会如此激动。

"对啊，我一个在韩国的朋友寄给我的，限量版哟！"刁婷乐滋滋地说。

"快快！拆开来看看！"

"不行不行，这么神圣的东西怎么能在这里拆？我要带回去慢慢欣赏。"刁婷得意地将写真集抱在怀里。

"你真坏！我也好想要哦……"黄小玲一脸的不甘心。

"哈哈哈，我再托朋友问问，如果能弄到也给你带一份，不过这个已经绝版了哦，不要抱太大希望。"

"啊！谢谢谢谢，拜托你！"黄小玲双手合十做出求人的动作。

我叹了口气回到工作间。想要偶像写真集的心态我十分理解。想当初为了得到 AKB48 最新专辑的初回限定盘，我也是费尽周折。为了尽量帮黄小玲实现愿望，我打开了购物网站，想碰运气看看网上有没有人出手这本写真集。但事与愿违，网上只有一些假货，果然绝版写真集是没这么好弄的。

3

中午 12 点，我听到回廊里有一阵骚动，怀着好奇心走出

2222室，拐到餐饮区，那里正是骚动的来源。餐饮区里挤着一堆人，我率先看见的是黄小玲和刁婷。刁婷正托着手中的便当盒，表现得极为气愤。除了她俩以外，还有一些今天在这边加班的员工，也都拿着自己的便当盒在控诉着什么。

"谁搞的这种恶作剧啊，太过分了！神经病啊！"刁婷情绪激动地怒骂道。

"是啊，就算是愚人节，开玩笑也不能没底线啊，太恶心了。"边上的一位年轻姑娘应声附和。

从他们的七嘴八舌中我根本搞不清发生了什么事情。

我挤到黄小玲身边问："怎么啦？"

黄小玲看见我就像看见救星似的，一脸无助地拽着我的衣服："沈大师，你看呀，有人在我们的饭盒里倒了牛奶！"

说着，她端起自己的便当盒伸到我眼前。便当盒里装着黄小玲今天的午饭，一格白饭，另一格是两个简单的配菜。然而无论米饭还是配菜，底部都被白色液体淹没。我把鼻子凑近饭盒闻了闻，确实嗅到一股牛奶的味道。

我环顾了一圈周围，包括刁婷在内，所有人的便当盒都被倒入一定量的牛奶，受害者一共有六人。先不说这个牛奶有没有变质或受过污染，即使牛奶可以安全食用，把它倒进饭里也实在是倒胃口。究竟是什么人，要在愚人节这一天为大家烹制这样一份"牛奶泡饭"呢？

"这叫我怎么吃啊……我先去倒掉它，看着就恶心。让我逮住那个人有他好看的！"刁婷骂骂咧咧地往厕所走去。

正在此时，2216室那边发出震耳的电钻声。装修的噪声让本身就心烦意乱的众人变得更加焦虑。大家纷纷把被糟蹋的便当倒掉，准备外出解决午餐。我很庆幸自己今天没带便当过来，不然必将遭受同样的命运。由于办公区里实在太吵，原本想叫外卖的我也打消了这个念头。我决定先远离这里，一会儿到公司楼下找家餐厅填饱肚子。而身为前台小姐的黄小玲即使午休时间也不能离开办公区，所以我还得帮她带一份午饭。

不过在吃饭之前，我想先调查一下餐饮区。走到餐饮区的角落，我打开冰箱门。因为饭盒都已经被拿走，冷藏室的空间变大了。犯人对六份便当都下了手，是无差别恶作剧，还是辨别不出目标饭盒，索性"一个也不放过"呢？

同时，我注意到早上给黄小玲买的那一袋牛奶完好无损地放在冷藏室里，一盒也不少。而我留着准备下午喝的那半盒牛奶也安然无恙。看来犯人是自己准备了牛奶。

等等……说起牛奶，我早上在超市遇到的那个男人，不是也买了一大堆牛奶吗？虽然我没有看到那个男人的正脸，但当时总觉得那家伙似曾相识……他会不会就是办公区里的人呢？

为了确认这一点，我赶紧来到前台找黄小玲，她正坐在前台边上的休息室里玩手机。

"黄小玲，问你一件事，"我推开休息室的玻璃门，迫不及待地问，"今天在办公区加班的人里，有没有一个瘦瘦的、穿墨绿色夹克衫的男人？应该挺年轻的。"

黄小玲抬起头，一脸茫然地望着我："墨绿色夹克衫？好像没印象……瘦瘦的年轻男人倒有几个，比如2205的黄先生，还有2211的常先生，怎么啦？"

我低头沉思了片刻，这时黄小玲有些不耐烦地开始耍小孩脾气："啊呀我饿死啦！你快去给我买饭啊！今天真是倒霉死了……到底是哪个家伙做出这种蠢事啊？"

"那么，今天有陌生人来过这里吗？"我没有理会黄小玲的催促，继续问道。

"没有啊！"

从目前的状况分析，几乎一直坐在前台的黄小玲断言今天没有陌生人进入过办公区，那就表示，倒牛奶的犯人很可能就在今天来加班的众人之中。假设早上买光牛奶的男人就是犯人，那么他买牛奶的目的，自然就是为了这场恶作剧。黄小玲对墨绿色衣服没有印象，也可能是犯人经过前台的时候并没有穿外套。也就是说，只要锁定今天来加班的年轻男人中，有谁拥有墨绿色外套的，就是倒牛奶的头号嫌疑人。

可是转念一想，即使在六份便当盒中都倒进牛奶，也不需要买那么多吧？这样反而容易引人注意。另外最难以理解的是，嫌疑人为什么要往便当里倒牛奶？难道这纯粹只是一个愚人节玩笑吗？

思考到这里，我的肚子突然"咕咕"叫了起来……算了，还是先祭一下五脏府吧，吃饱了才有力气继续动脑子。

今天在办公区里加班的，大概有二三十人，其中的男性就更少了，嫌疑人范围并不是太大。一会儿吃完饭等人全都回来后，对他们一一进行排查，就可以将犯人揪出。

4

黄小玲喜欢吃韩国料理，于是我到附近吃了一碗韩式石锅拌饭，也为她打包带回来一份。打发完午餐，我立即回到办公区，这个时候已经过了平常的午休时间。

回到二十二层，我发现黄小玲不在前台，也不在边上的休息室里。于是我将打包的石锅拌饭放在前台的桌子上，朝自己的工作间走去。扫了一眼走廊两边的工作间，之前吃午饭的人差不多都已经回来了，我开始琢磨下一步的计划。就在经过2215室的时候，我突然看见黄小玲在那里，好像和刁婷发生了一些争执。我驻足2215的门口，好奇地朝内张望。

"什么情况？"我对着一脸不满的刁婷问。黄小玲注意到了我，回过头，满脸委屈地看着我。

"我的写真集被偷了。"刁婷抢在黄小玲前面说道。

"就是金宇彬的写真集？"

"你怎么知道？"她怀疑地打量着我。

"上午你们的对话我都听到了，怎么会不见的呢？你之前放哪了？"

"我就放在这张桌子上，"刁婷指了指自己的办公桌，"然后中午我和同事出去吃饭，回来之后就发现不见了。"

一旁刁婷的男同事插话道："你会不会记错了？说不定被你放到别的地方去了，抽屉找过没？"

"怎么可能记错？我明明放桌上的，一定是被这里的谁拿走了。"刁婷瞥了一眼男同事，语气很坚决。2215室今天来加班的只有刁婷和那位男同事。

我望了一眼2215室的玻璃门，问："你们出去的时候，门没锁吗？"

"没锁啊，今天本来就没什么人，只出去一会儿而已，谁料到会丢东西，"刁婷非常不高兴地摇摇头，"早知道就锁门了。"接着刁婷用狐疑的目光直视黄小玲："小玲，真的不是你跟我开愚人节玩笑，故意藏起来的？我今天被开的玩笑已经够多了。"

黄小玲连忙摇头："真的不是我，我就算再喜欢金宇彬，也不会随便拿别人的东西呀。"

这就是两人起争执的原因，刁婷怀疑是黄小玲拿走了写真集，而黄小玲则极力为自己辩护。真是一波未平一波又起，倒牛奶事件还未解决，现在又多出来一起盗窃事件。看来这个愚人节注定不平凡。

"那你要负责帮我找回来，毕竟你是这里的前台，我们丢了东西你有义务承担责任，"刁婷的语气很强硬，"今天来的人也不多，你去一间间查，还有隔壁的装修工人也别放过。"

"我知道了……"黄小玲低声应道。

这个时候，我当然毛遂自荐："我来帮你找吧。"

我上前仔细勘察了一遍原本放着写真集的办公桌，随即抬起头问刁婷："写真集之前放在哪个位置？"

刁婷用手拍了拍电脑左边的桌面说："放在这里呀。"

我蹲下身子勘查桌子的下部，发现就在桌板的下方，有一块淡黄色的污渍。我凑上去闻了一下，有一股油漆味，可能是地板漆。油漆的状态还没有干透，应该是刚沾上去不久的。从油漆的位置来看，很可能是窃贼在拿走桌上写真集的时候，食指上的油漆不小心沾到了桌板下方。也就是说——窃贼是一个手上沾有黄色油漆的人。

"隔壁！"我倏地站起身，迅速跑向2216室的装修现场。

5

隔壁的2216室已经和边上的2217室打通，变成了一间二十平方米左右的大间。一名瘦小的装修工人正蹲在地上粉刷地板漆。因为装修工程并不复杂，因此这里只有他一位装修工。由于没有办公桌椅，房间显得十分空，四周的墙壁都贴上了朴素的墙纸，地板已全部铺好，房间靠里有一块贴满白色地砖的区域，可能是要做成一个简易的休息区。

听到我闯进来，装修工人惊异地站起身。我打量了一番眼前的装修工，是个长相很普通的年轻男人。此时之前的那种即视感又重新出现在我的脑海中……正当我的余光瞄到挂在椅子上的一件墨绿色夹克衫时，脑中的记忆如大坝开闸般倾泻而出。

原来我早上看到的人……就是这个装修工。对，没错！那熟悉的身形和墨绿色的外套，就是他。之前我一直以为那人是在办公区里加班的公司员工，却忽略了这个进行装修作业的外部人员。

"原来是你……早上买牛奶的人。"我兴奋地指着对方。装修工却面无表情地伫立在原地，直愣愣地望着我。

这时，黄小玲和刁婷也跟了进来，出现在我身后。

黄小玲走上前，问："沈大师，小陆他怎么啦？"她看了一眼装修工。

"他就是偷走写真集的人。"我看了看地板，肯定地说。

"为什么是他？"刁婷不解。

于是我把之前油漆的推理说了出来，解释道："在这个办公区里，唯一手上会沾上地板漆的，只有在这里进行装修工作的这位了。"

黄小玲怀疑地望着装修工，说："小陆，真的是你拿的吗？"

一直默不作声的装修工看了一眼黄小玲，马上将视线躲闪开，轻声说："我……我没有拿。"

"一定是被他藏起来了。"刁婷露出尖锐的目光。

"还不只是偷写真集，"我补充道，"中午在你们便当盒里倒牛奶的人，恐怕也是他。"

"啊？不会吧？"黄小玲讶异地望着我。刁婷也是一脸的茫然："确定？他为什么要这么做？"

我一边扫视着房间，一边说："我们还是先把写真集找到吧。"我首先注意到的是放在椅子上的装修工的背包。另外，房间里除了水泥袋、油漆桶、刷子、电线、电钻、锤子和一些装修工具外，大型的物件只有两张折叠式椅子和一个黑色大垃圾袋，整个房间一览无余，能藏东西的地方寥寥无几。

此时，装修工突然开口道："你们随便搜好了……我说了我没拿。"说完他拿起椅子上自己的双肩背包，将开口对着我。

我接过他手里的包。他此刻的神情出奇的淡定，看样子有绝对的自信不被我们找到写真集。我撑开包的开口查看内部，里面有一沓被抽出一个角的纸张，那是一份工期合同，我稍稍翻看了一下，并没什么特别。除了合同外，包里还有几本装潢类的书，都没什么异样。

然而，光从合同被抽出一个角这一点就可以判断出一件事——曾有某样东西从包里被拿了出来。那样东西很可能就是写真集。原本写真集和合同都整齐地放在包里。但就在刚才，装修工偷听到了我们在隔壁2215室的对话，知道刁婷要搜查自己，他担心包里的写真集被发现，于是匆忙将它从包里抽出来，藏到了一个更安全的地方。而情急之下，在抽出写真集的同时，边上的合同也被带出一个角，留下了破绽。

认可了自己的推理后，我进一步思考。从我们在2215室里谈话到闯进这里，装修工并没有离开过房间。也就是说，那本写真集如今应该还在这个房间里。

检查完背包后，我第一时间翻了翻墙角的垃圾袋——果不其然，垃圾袋里装满了空的牛奶盒。这也证实，早上买光便利店牛奶的人，就是这名装修工。然而，除了牛奶盒和一些装修垃圾之外，垃圾袋里并没有写真集。接着，我又检查了几个油漆桶、水泥袋和包装盒，还用铲子在浓稠的油漆中和水泥粉里捣了捣，都没有发现。

好了，现在整个房间里能藏东西的地方都找过了，完全不见写真集的踪影。等等，是我的思维太狭隘——还有墙纸！写真集会不会被贴在墙纸后面？我扫了眼四周的墙纸。虽说写真集比较薄，但跟墙纸相比还是有一定的厚度。整面墙纸并没有凸起的不自然之处，也就意味着后面不可能藏东西。否定了这个猜想后，我又打开窗户朝外看了看，写真集并不在外侧窗台，也没有用细线吊挂在窗户外面。

难道是直接藏在身上？我再次打量着装修工，他的衣装很单薄，上身是一件长袖衬衫，底下穿着一条紧绷的牛仔裤，身上并没有可容纳一本写真集的空间。为保险起见，我还特意绕到装修工的身后观察了几眼，衣服后面也没什么异常。最后，不肯死心的我拿起椅子上那件墨绿色夹克衫，在衣服内侧摸索了一番，依然什么都没有。

到底藏在哪里呢？每寻找一处地方我的期望就落空一回，我开始有些焦躁地在房间里来回踱步。

"那一块不要踩，地板的油漆还没干。"装修工时刻提醒着。因为刚刷好一半地板漆，房间靠里的区域都无法踏入，包括贴满地砖的休息区也因为地板的阻隔无法走进去。不过那一块区域尽收眼底，根本没有可藏东西的地方，因此也没有搜查的必要。

这究竟是怎么一回事？找遍了所有的地方都没有发现写真集。是我的推理有误，还是写真集就这样在房间里凭空消失了呢？我感到一阵费解。

我仔细梳理了一遍刚才的思路，到底哪一步出了差错？也许装修工在更早之前就将写真集藏到了这个房间之外的地方……按照目前的状况来看，这样想是最合理的。

正当我准备离开2216室时，一阵清风从窗外吹了进来，而此时，房间深处的休息区出现了一个不可思议的现象——铺着白色地砖的地面忽然掀起一阵轻微的涟漪。

看到那一幕的瞬间，我脑中的所有疑惑都烟消云散。

我立马退到房间门口，经过一个助跑后越过油漆未干的地板，直接跳到休息区的地面上。我蹲下身子，用手摸索着地上的白色地砖，地砖异常明亮，显然刚被人用水擦拭过。紧接着，我将手伸到另一块地砖之上，慢慢降低手的高度。眼看我的手就要触碰到底下的地砖，这个时候，奇迹发生了，我的手竟缓缓融入到地砖内部。不一会儿，整只手就如同穿过了坚硬的地砖，全部埋没到了地下。十秒钟后，我的手抓住了某样东西，又再次从地砖中拔出。出现在我手中的，正是那本写真集，它正不断往下滴着某种白色液体。

黄小玲与刁婷看着这犹如变戏法的一幕，脸上都现出惊异之色。而装修工小陆则在一旁不知所措地直挠脸。

"果然在这里。"我甩了甩湿淋淋的写真集，幸好外部包着塑料膜，里面才没有湿。

"这……这是怎么回事？"刁婷不敢相信自己的眼睛，"你是从地砖里拿出来的？"

我从口袋里拿出纸巾，将写真集的外部擦拭干净："确切地说，不是'拿'，而是'捞'。"

"什么意思？"刁婷和黄小玲都听不懂我的话，"从地砖里捞出来？"

"那不是一块地砖，而是一摊牛奶，"我一语道破天机，"在这个休息区里，有五块白色地砖都被掉包成了同样是白色的牛奶。"我弯下腰，攒起手掌，将手放回刚才捞出写真集的"地砖"里，舀出里面的白色液体，展示在众人面前。从远处看，正方形的坑里，牛奶的深度刚好和边上真正的地砖保持在同一水平面上，颜色也一致，因此几乎看不出那是一摊牛奶。

"这怎么会是牛奶？搞什么啊？"刁婷依旧处在云里雾里。

"为了梳理整个事件，我还是从头开始说明吧，"我清了清嗓子，"在今天这个不平凡的愚人节里，发生了许多奇奇怪怪的事情。先是有个男人一大早买光便利店的所有牛奶，接着是冰箱中的便当盒里被倒了牛奶，最后是写真集被偷。如果我们假设，这三起事件的主使者都是同一个人。那么，三起事件的背后，必定存在一个符合逻辑的解释。

"事实上，的确有许多证据表明，三起事件的主使者都是这位装修工小陆。那么他做这些事的目的又是什么呢？依据种种状况，我有一个推测，这个推测是一个逻辑性假设，能够同时贯穿三起事件。

"我当初以为小陆买牛奶的目的，就是为了倒在大家的便当中。但其实不尽然，他买那么多牛奶另有用意。那就是——要将牛奶代替地上的瓷砖。刚才我稍微看了一下小陆包里的工期合同。合同上说，今天之内必须完成地板和地砖的铺设工作。而下午黄小玲的主管会来检查装修进度。但就在此时，发生了一件意外。今天早上，小陆发现自己犯了一个错——休息区的地砖数目不够。也许是之前订货时报错了数量，总之一共少了五块地砖。小陆连忙联系地砖的厂家，但厂家告诉他，这种地砖要特别订制，短时间内无法补齐，最快可能也要等到明天。

"在规定工期内没有完成该完成的进度，装修公司可能就要付出赔偿。这下篓子捅大了。看小陆的年纪，应该也刚大学毕业没多久，好不容易找到这份工作的他，不想因为这个错误被装修公司记过甚至开除。于是，他绞尽脑汁思考弥补的方法。

"暂时用别的地砖来代替？然而，一时间要找到大小色泽都相同的地砖不是一件易事，况且这个钱要小陆自己掏腰包，代价也不小。那么，用杂物遮挡住地砖缺失的部分？然而，杂物一般都会堆放在墙角。通常来说，地砖都是从边角开始铺的，当小陆发现瓷砖不够用时，空缺的只有靠中央的地面。如果将杂物堆在中央，会极其不自然。更何况，主管此次来检查的目的，就是要确认地板和地砖是否铺好，如果没有看到完整的地面，根本无法蒙混过关。

"此时，一个主意在小陆的脑中浮现。如果用某种填充剂来代替地砖呢？填充剂是液体，也就不存在大小的问题，色泽也可以调配。比如，把白色油漆倒进凹陷的地面，来冒充地砖。小陆或许马上想到了油漆这个代替品。虽然可行，但是事后油漆会很难清理，重新铺上地砖后很可能产生空鼓，造成装修质量不过关。最后，小陆想到一样更简单快捷，又非常容易买到的道具——牛奶。这种地砖的颜色和光泽简直和牛奶一模一样，事后也比油漆便于清理。

"一块地砖的面积是30乘以30，也就是900平方厘米。五块瓷砖就是0.45平方米。加上地面的深度，小陆盘算下来，要填补五块地砖的容积，所需牛奶的量应该不小。于是，为了保险起见，小陆去公司附近的便利店买下所有牛奶。品牌和包装根本无所谓，因为本来就不是用来喝的，只要它和地砖一样是白色就行。

"牛奶买回来后，小陆先将地砖交错铺好，留下五块方形的坑，挖掉底部的水泥砂浆并清理干净。接着他将牛奶倒入方坑内，用清水调配成和地砖几乎无偏差的色泽，同时让调配好的牛奶与周围的地砖保持同一水平面。这样，利用牛奶假冒地砖的工作就完成了。

"如此一来，只要主管来检查时能混过去，地砖数目不对的失漏就不会曝光。第二天再悄悄把牛奶清理干净，铺上真正的地砖，这件事就能瞒天过海。为了不让主管靠近休息区，小陆特意在临检查之前，在地砖区域前面的木地板上涂上地板漆。只要地板漆未干，主管就不可能踏进地砖区细看。为了让瓷砖的光泽更接近牛奶，小陆还打算在主管到来的几分钟前，跨过地板将地砖用湿布擦一遍。这样地砖会显得更透亮，从而更接近牛奶表面。而从远处乍一看，就更难辨识出牛奶和地砖的区别了。

"顺带一提，小陆下去买牛奶的时候，将自己的墨绿色夹克衫拿在手上，为的是之后回来时可以起到遮掩手中牛奶的作用，以免被办公区里的人看到起疑。只不过，他大概在便利店觉得空调太冷，或是嫌衣服拿在手上太麻烦，就穿在了身上，我便看到一个墨绿色衣服的男人。

"以上，就是小陆的原始计划。然而，就在小陆将牛奶倒入方坑后，发生了另一件事，这才引发了后面的便当事件与偷窃事件。这两件事一开始并不在小陆的计划内，只是'牛奶顶替地砖'计划的附属品。"

牛奶	地砖	牛奶
地砖	牛奶	地砖
牛奶	地砖	牛奶

7

说到这里，我感觉有些口干，便停顿下来，重新跨出地砖区，走到刁婷面前将写真集还给她。她从听得入神的状态中反应过来，接过我手中的写真集。一旁的黄小玲则使劲探头张望休息区的地面，似乎在努力分辨牛奶和地砖。

"在接下去说明之前，我有一件事想跟小陆确认，"说完这句话，我来到低头不语的小陆面前，"你是不是喜欢黄小玲？"

听到这句话，小陆脸上的肌肉颤抖了一下，似乎是被我说中了心事。他抬眼看了看我身后的黄小玲，然后稍稍颔首说："是。"

黄小玲被这突如其来的告白弄得有些尴尬，"啊"了一声之后她不知所措地站在原地。

"那一切就对上了，"我继续说，"黄小玲为人很热心，看小陆工作辛苦，平时也经常会送一些水果之类的给他吃。而小陆却因黄小玲这种工作上的关怀渐渐对她产生感情，从一开始的喜欢到后来的爱慕。"

我望着黄小玲，说："后两起事件的起因便是小陆对你的爱慕。上午，刁婷在你面前炫耀朋友送给自己的写真集，你羡慕不已，很想要那本偶像的写真集。这段对话被隔壁装修的小陆听见了。于是，为了让你高兴，他决定实施一个盗窃写真集的计划。他想偷走刁婷的写真集，过几天再悄悄送给你，以博取你对他的好感。

"那么，怎么才能偷走那本写真集呢？写真集放在2215室里，要拿到它，有一个必要条件，就是把2215室里的人全都支开。于是，小陆想到一个方法——只要午休的时候，让刁婷和她的同事都出去吃饭，他就有溜进房间的机会。为了保证他们出去吃饭，首先要确保两人都没有带便当。但是，如果带了便当又怎么办呢？今天天气比较炎热，如果带了便当，为了维持食物的新鲜，一般都会将便当盒放进冰箱。那么，只要将冰箱里的所有便当都处理掉就OK了，即使不知道这其中有没有2215那两人的便当也无所谓。对小陆来说，只要越多人出去吃饭，午休时办公区内的人就越少，他也就越容易下手。

"小陆偷偷来到餐饮区，看到冰箱里有六盒便当。他原本是想将这六份便当里的饭菜都倒入餐饮区的垃圾桶里。但是，因为垃圾桶先前被我丢进两个烂掉的甜瓜，塞满了。这个时候小陆有两个选择。第一，先把垃圾桶里的甜瓜倒到楼道的垃圾箱去，但这样就会经过前台；第二，把六盒便当都带回2216室倒掉，事后再把空便当盒拿回来放回冰箱。而无论哪一种举动，被人看到的危险系数都很高，事后大家发现自己的便当被动过手脚，一定会怀疑到他头上。

"就在这时，小陆想起早上买来还剩余的牛奶——只要往便当里倒进牛奶，不就能确保大家都不会去吃它了？于是，小陆将多出的牛奶倒进自己的保温杯，拿着杯子回到餐饮区，一盒一盒取出冰箱里的便当，倒入牛奶。餐饮区是开放式的，如果有人接近，小陆能立刻察觉到脚步声，这个时候他只要拿着杯子走到饮水机前装作自己正在倒水，就不会惹人怀疑。相对来说，这个计划是安全系数最高，也最容易随机应变的。顺利将牛奶倒进六份便当后，小陆回到2216室。接下来，他只需等待众人发现便当的异样即可。

"果然，小陆的恶作剧起到了作用，这六份便当里真的有刁婷的便当，她一气之下把饭菜都倒了。至此，小陆的计划只成功了一半。铲除便当的障碍后，还有一个问题——那就是怎么保证2215室的两人不会叫外卖？小陆又想到一招——制造噪声。在骚动后不久，小陆特意打开冲击钻发出极大的噪声，他希望借此最大限度地把办公区里的人赶到外面吃饭。而2215就在2216的隔壁，噪声更大。不出所料，刁婷和她的同事都决定出去吃午餐。不管是因为忍受不了噪声还是本来就打算出去吃，至少结果达到了小陆的预期。当然，这里面确实有许多运气成分。我想，如果两人宁愿在噪声中吃外卖，小陆也没辙，届时只能另找机会。"

我转过身，直视着一言不发的小陆，继续说："就这样，你成功地将2215的两人支开，也顺便让许多其他人离开了办公区。于是，你潜入门没有锁的2215，偷走刁婷桌子上的写真集。如果那时2215的门锁上了，你可能会再想办法从前台偷走2215的备用钥匙。但幸运的是，刁婷离开时并没有锁门，让你省去了这一步。

"但是，当刁婷发现写真集被偷之后，你在隔壁听到了我们的对话。你从刁婷的话语中察觉到她对你的怀疑。于是，你把原本放在背包里的写真集拿了出来，藏在一个你认为最适合的地方——牛奶坑里。原本是用以欺瞒黄小玲主管的障眼法，如今正好可以拿来藏匿东西，真是一举两得。写真集比较薄，淹没在牛奶里没人会发现。你擦干溢出来的牛奶，提前用湿布擦亮地砖，在黄小玲的主管到来之前，先在我们的面前表演了一出偷天换日。

"本来你的诡计就要得逞，但因为我刚才打开了窗户，一阵风把地上的牛奶吹起了波纹，才让我注意到了这个不寻常的细节。"

8

一番长篇大论后，我感到更加口干舌燥。我用目光锁住装修工小陆，问了一句："以上就是我对整个事件的推测，和事实有什么出入吗？"

小陆依旧沉默不语，此时黄小玲走到他面前，用求证的语气问："真的都是你干的吗？"

此时，小陆才微微点了下头，随即他抬眼看着我说："但，有一点你说错了，我……不是怕丢了这份工作，而是怕……而是怕以后见不到她，这里以后还有别的装修业务，如果我被开除了，就无法……"

刁婷顿时怒不可遏地咒骂道："我看你是脑子进水了吧！在我饭里倒牛奶，还偷我的写真集，你变态啊？"

"对……对不起，"毕竟是个社会阅历尚浅的年轻人，小陆像犯了错的小孩般低下头，"请你原谅。"

"原谅什么原谅？！我要报警，你这是盗窃！"刁婷依旧得理不饶人。

听到报警两个字，小陆慌了神，他恳求般说道："别……我、我赔给你，我赔你钱。"

"谁要你赔？！"

"求求你……"

这时刁婷的嘴角突然露出一丝坏笑："要我不报警也可以，你跪下来给我道歉啊，然后把地上的牛奶都舔光。"

听到刁婷的无理要求，小陆哭丧着脸，不知道该怎么办才好。这一刻，黄小玲终于忍不住为小陆解围："你太过分了吧！东西又没丢，不是给你找回来了嘛！你怎么能这样侮辱人？！有金宇彬的写真集就了不起啊？真亏了金宇彬有你这样的粉丝。告诉你朋友，不用麻烦帮我带了。我、不、稀、罕！"说完她长长地呼出一口气。

"哟，谁要你稀罕？我知道你心里面其实嫉妒得不得了，"刁婷开始反击，"这件事你也有责任！"

"其实用不着嫉妒的，"我突然插话，"这真的是金宇彬的写真集吗？"

"什、什么意思？"刁婷警惕地看了我一眼。

"你要不要把塑封膜拆开来看看呢？"

"凭什么？这么贵重的东西，说拆就拆吗？"

"不要再装了，"我摇了摇头，"今天可是愚人节，如果真的是视若珍宝的写真集，你怎么可能会把它随意丢在桌子上又不锁门就出去吃饭呢？那只是一本你买来骗骗黄小玲的山寨货吧，网上到处都有。"

"你……"刁婷的表情有些僵硬，不知该如何接话。

"所以你原本也没打算因为一本小小的山寨写真集就特意去报警闹得满城风雨吧？刚才只是因为咽不下这口怨气所以故意吓吓小陆。"我当场拆穿了刁婷的心思。

"谁说的……就算是山寨的……那他也是盗窃行为！"

"得饶人处且饶人吧，刁小姐，你用这本假的写真集欺骗黄小玲，那也不妨把小陆的行为当成是他对你开的愚人节玩笑好了。"

"哼，别再有下次！"刁婷犹豫了一会儿，瞥了一眼小陆丢下这句话，转身走出2216室。高跟鞋撞击地面的声音显得非常沉闷。

"原来是假的啊……亏我还羡慕了半天，这什么人啊？"黄小玲余气未消，俏皮地朝门外吐了吐舌头。旋即，她来到小陆面前，表情严肃地说："你赶快把这边重新收拾一下吧，主管就要来了，不要让她看穿了。"

小陆有些吃惊地望着黄小玲。

黄小玲一甩手，说："还愣着干什么呀？以后别再干这种事了，你脑子那么好，要把心思放在正途，明白了吗？找个机会再跟那些便当被倒了牛奶的人道个歉。"

小陆抿了抿嘴，露出微微的一笑，说："一定，对……对不起，你真是个好人，谢谢你。"

"别给我发好人卡！"黄小玲不高兴地大喊。

9

临近下班，我来到前台，和黄小玲聊起天来。

"你们主管果然眼神不好啊，完全没发现。"我将手撑在前台的桌子上，漫不经心地说。

"那是。"黄小玲挂着微笑，开始收拾东西。

"可是……你这么做好吗？毕竟你是千鼎集团的人，怎么能做损害公司利益的事情？该不会因为小陆喜欢你你就包庇他吧……"

我用质疑的口气问。

黄小玲却嗤之以鼻："包庇你妹啊！我只是觉得他人还挺好的，应该给他一个改正错误的机会。还有，什么利益不利益的，我重视的是人，不是公司。我不想小陆因为这小小的错误就被开除，只要他明天能把地砖补齐，相信他以后绝对会吸取今天的教训。"

"你也太善良了。"嘴上这么夸赞道，但我内心其实并不认同黄小玲的这种"过分善良"。

好了，终于到了办正事的时候，我吞了口口水，握紧拳头："对了……你晚上有空吗？要不一起吃个晚饭吧？"

黄小玲愣了一下，呆呆地望着我，沉默了几秒钟。

"怎……怎么啦？"我的心脏开始乱跳。

"不行，晚上我有事。"

被拒绝的我，此时脸上的表情一定极度失望："呃……那好吧，下次吧。"

"哈哈哈哈哈哈哈！"黄小玲突然大笑，"沈大师你还是这么好骗，愚人节还没过哦，亏你还是大师。"

"啊？什、什么意思……"

"笨蛋，走啦，等我换一下衣服。"黄小玲腼腆地一笑，起身走向更衣间。

"哦……好好……我等你！"我简直不敢相信自己的耳朵。

这是我二十多年来被骗得最开心的一次。

彼岸的心

1

春夏交替的五月，是一个容易产生厌倦和焦躁情绪的时节。人们总会在这个时候感慨理想与现实的差距，以致对任何事物都失去热情，这就是俗称的"五月病"。已经在这边工作快半年的我，也不可幸免地患上了五月病。症状便是每天上班浑浑噩噩，根本不知道自己在干吗。

开放式办公区的空气有些浑浊，呼吸的时候总感觉肺里沉积着一股闷气。我端着刚用微波炉热好的咸豆浆走向前台，黄小玲的长发背影映入眼帘，她似乎正聚精会神地盯着面前的电脑屏幕。我悄悄走近，偷瞄了一眼显示屏，发现她正在浏览一家卖按摩器的网店。

"你要买按摩器啊？"

"啊哟！"黄小玲猛地回过头，惊恐地望着我，"你找死啊！像鬼一样站在我后面，吓我一跳。"

"大白天的怕什么鬼啊，喏，咸豆浆。"我小心翼翼地将豆浆放在她桌子上。

"按摩器是给我妈妈买的，她腰不好。"黄小玲舀起一勺豆浆送入口中，却马上露出难看的脸色，"好烫啊！我叫你稍微热一下，你弄这么烫，怎么喝啊？"

"你怎么要求这么多……"我摇摇头，抱怨的同时也回忆起我刚认识黄小玲时的情景。

我本是一个技术宅，毕业之后来到这里的一家APP开发公司上班，拥有了人生第一份工作。这个开放式办公区位于五角场商圈的A座写字楼，办公区内有二十多家独立公司。黄小玲正是办公区的前台小姐，属于物业出租方千鼎集团的员工，负责整个办公区的综合管理。认识黄小玲之后，我找到了工作和生活的动力，即使像这样每天被她呼来唤去，我似乎也乐在其中。

"算了，看在你辛苦帮我买早饭的分上……"黄小玲从皮夹里拿出早饭钱，随即又从桌上的塑料袋中取出一个苹果，一并递给我，"苹果就赏你了。"

正当我捧着苹果准备离开前台时，黄小玲叫住了我："等一下，这个苹果帮我洗一下。"她又从袋子里拿出第二个苹果。

"哦，你自己吃？"我接过另一个苹果，问。

"不，等会儿给2201室的邹先生。"

"哦……"我泛起一阵醋意。

"别吃醋啦！只是因为邹先生最近情绪非常不好，整天愁眉苦脸的，我看不下去而已，也不知道有什么可以帮他的。"黄小玲解释道。

"2201？"我瞟了眼前台边上的那间工作间，"这是一家咨询公司吧，平时人来人往的，业务应该挺繁忙的。"

"是啊，"黄小玲嘟起嘴吹了吹碗里的豆浆说，"邹先生是老板，平时忙得不得了，几乎天天都是办公区里最晚一个下班的。"

"越忙越容易犯愁啊，应该也是得了五月病吧。"

"不是五月病这么简单，邹先生很可怜的，半年前，他的妻子在一次车祸中去世了，从此之后他的情绪就一直很低迷。"

"这样啊……"我意识到自己刚才有些失言。

"现在，邹先生的身边只有一个刚上初中的儿子。邹先生又要忙工作，又要一个人照顾儿子，真的非常吃力。最近，他的状态似乎更差了，实在是熬不下去了吧……"

"确实很可怜……"我无奈地叹了口气。然而在如今的现实社会，如果不是牵扯到自己的事情，纵使别人家破人亡妻离子散，大部分人做出的反应也最多是叹一口气唏嘘一番而已吧。

"他儿子以前也来这里玩过，很可爱的！真是有点想他了呢。"

望着黄小玲天真无邪的样子，真觉得她和现代人有些脱节。

2

我的上司马可是个整天在外面跑业务的大忙人，一个月见不到他几回。今天他依然没来公司，仍旧是我独守着2222室。

正当我忙完上午的工作，准备偷偷看会儿小说时，黄小玲突然闯了进来。

"你就不会先敲门吗？"

"敲你妹啊，有事找你。"她自说自话从桌下抽出一张椅子，在我旁边一坐，跷起二郎腿。

"什么事啊？"

"是这样的，刚才我找邹先生谈了一下，一开始他不太愿意多说，后来在我的软硬兼……啊不对，是在我的热情关心之下，他告诉了我他最近烦恼的原因。"

"是什么原因？"实际上我对这件事的兴趣并不大。

"他说，他是因为小杰而烦恼……哦，小杰就是他儿子。以前邹先生经常带小杰到公司里来玩，是个很乖的小男孩，跟我关系也很好呢。言归正传，邹先生说，小杰最近的行为有些古怪，同时家里也发生了一些怪事。"

"比如呢？哪些古怪的行为，什么怪事？"

黄小玲温婉一笑，说："怎么样？来兴趣了吧？具体我也不知道呢。我跟邹先生说，我们这边 2222 室有个技术宅，是个破解离奇事件的高手，也许能帮你解开谜团，"她眨了眨眼睛，歪着头望着我，"所以呢，等会儿午休的时候，你跟我一起去听听详细情况吧。"

"等等，'破解离奇事件的高手'……我什么时候有这个头衔的？"我十分诧异，但同时又窃喜黄小玲对我的夸耀。

"啊呀，你当然是啦！上次愚人节这么离奇的牛奶事件你两三下就解开谜团了，这次也一定没问题的！"黄小玲拼命恭维道。见我还在迟疑，她双手握紧做出恳求的动作，语气轻柔："好啦，你就帮帮邹先生嘛。"

"好吧……我尽力而为吧。"黄小玲的卖萌实在让我无法抵抗。除此之外，听到"怪事"两个字之后，我的确也对这事产生了些许兴趣。

"那么一会儿 12 点，会客室见哦！"

午休时间，我将热好的两份便当端到前台边上的会客室，那是一间八平方米左右的小房间，房间中央摆着一张方形的桌子，两边各有两张塑料椅子。

少顷，一个看上去十分沧桑的中年男人推开会客室的门走了进来。男人很瘦，脸略长，戴着一副黑框眼镜，看上去文质彬彬，有点像日本演员阿部宽，他的脸上充满了疲态。

"坐，邹先生。"黄小玲示意他坐下。

"哦，好。"邹先生拉开我们对面的一张椅子坐了下来。

见邹先生空手进来，黄小玲很诧异："啊？邹先生你不吃午饭吗？"

"我吃不下，没关系。"他勉强一笑。

这样一来，黄小玲也不好意思吃自己的便当了。只有我像饿死鬼投胎般无所顾忌地往嘴里塞着饭菜。黄小玲看到我狼狈的吃相，在底下推了推我，轻声说："喂……先别吃啦。"

"我饿死啦！"我舔了舔嘴唇，稍稍放慢了进食的速度。

"哦，邹先生，他就是我说的那位高人，沈大师。"黄小玲尴尬地做着介绍。

"你好沈先生，幸会幸会。"邹先生伸出右手，展现出生意人打交道时的样子，而我直接将自己油腻腻的手握了上去。

"能说说你儿子的事情吗？"我开门见山地问。

"是啊，小杰到底怎么啦？"黄小玲也露出疑惑和担忧的神情。

"我可以抽烟吗？"邹先生从衣袋里掏出一包香烟，皱紧眉头。

"当然可以。"黄小玲马上起身打开墙上的排风扇开关。

邹先生点燃香烟吸了一口，露出严肃而又深沉的表情："半年前，小杰的妈妈因为一次交通意外走了，留下我和小杰两个人相依为命。但是，命运之神就好像在故意捉弄我，小杰居然患上了心脏病。三个月前，小杰做了一次心脏手术。术后，本来应该念初二的他就一直休学在家。就在最近，我发现小杰的某些行为过于古怪，不知道是不是因为受到妈妈去世的打击……"邹先生吐出一口烟，烟雾在他的面前弥散开来，"今年，公司的业务量扩大，经营也越来越顺利，我比以往更繁忙。近几个月，我几乎天天早出晚归，周末也基本要加班，陪小杰的时间越来越少了。

"好像是从两个月前开始，我发觉小杰突然变得非常爱喝碳酸饮料，每次我去买东西的时候都会问小杰要吃什么，他总是回答可乐或雪碧。而且，他喝饮料的速度十分惊人，每次买回来的两升装饮料，他都能在两天内喝完……小杰有心脏病，又刚动过手术，不宜吃太多甜食。于是我不准他再喝饮料，之后也没给他买过。但是有一天，我下班回家的时候，发现厨房的垃圾篓里有两个可乐瓶盖。我马上知道，一定是小杰偷偷出门用他的零花钱去买了饮料。并且，他那天穿的衣服特别脏，还臭烘烘的。在我的质问之下，小杰什么都没说。此后，我只好克扣他的零花钱，防止他再偷买饮料。这是发生在小杰身上的第一件怪事，他以前从来不会那么爱喝碳酸饮料的，现在不知道为什么变成这样……"

"确实很奇怪啊……"听完邹先生的叙述，黄小玲皱起双眉。

"除了爱喝可乐，还有其他古怪行为吗？"我咽下一大口米饭后问。

"嗯，还有，"邹先生弹了弹长长的烟灰，继续说，"有一次，我提前完成了工作，那一天是周日，我下午就回到了家，我想正好趁着有空陪小杰谈谈心。打开小杰的房门，我发现他居然大白天的拉着厚厚的窗帘，房间里非常昏暗，小杰正开着台灯在桌子上看书。我问他为什么不拉开窗帘，他说怕阳光刺眼。可是外面的太阳光完全不强啊，怎么会刺眼呢？我正打算帮小杰拉开窗帘的时候，他却态度十分强硬地把我推出了房间。真是完全搞不懂他在想什么，是突然变得堕落又自闭了吗？再这样下去，我真的要带小杰去看心理医生了。"

"碳酸饮料……不肯拉开窗帘……"我一边低头思考，一边自言自语地嘀咕着。

"对了，"邹先生又想起什么似的说，"拉着窗帘的那天，我还发现小杰房间的地板上有几个脏脏的赤脚脚印，也不知道他是不是赤脚跑到外面去过，这孩子的行为让我完全摸不着头脑。在生意场上我是百事通，但在孩子的教育问题上，我真的不是一个称职的爸爸……要是我妻子还在的话，就好了……"

邹先生的眼眶中透着微微泪光，此刻从他的眼中，能够清晰地读到对亡妻的强烈思念，以及对小杰的深切关爱。

"对不起，我有点控制不住情绪，"邹先生用手指轻抹了下眼角，转而将目光移向我，"沈先生，你能想到什么吗？我儿子到底怎么了？"

"目前还没有什么头绪，"我摇摇头，实言相告，"对了，你之前还跟黄小玲说过，家里发生了怪事，是什么怪事？能具体说一说吗？"

"哦，是件很诡异的事情，一时半会儿也说不清楚，"邹先生看了一眼手表，"要不这样吧，如果你们不介意的话，今天下了班和我一起回家吃饭，我再详细跟你们说说。小玲也可以跟小杰聊聊。"

"好啊！"黄小玲露出兴奋的表情，"好久没见小杰了呢，正好去看看他。"说完她拍了一下我的肩膀："沈大师一起去吧！"

"这……会不会太打扰了？"

"没关系的，我今天刚和客户谈完合同的事，下班应该不会太晚，就去吃顿便饭吧。"

邹先生的热情出乎我的意料。不过，这样一来下班之后又可以延长和黄小玲待在一起的时间，似乎也挺不错的。

"嗯……那好吧，麻烦你了邹先生。"我爽快地答应道。

4

下午 5 点半，我、黄小玲和邹先生一同离开办公区。电梯直降到地下车库，我们坐进了邹先生的黑色奥迪，一路驶向复兴中路某住宅区。

住宅区虽地处市中心，但恰巧属于闹中取静的位置。奥迪车在一幢二层老洋房门前停下，洋房的外墙显得古朴陈旧，看上去应该有些年代了。

"请进吧。"邹先生用钥匙卡打开洋房的铁门，邀我们进入他家。

我和黄小玲在门口换上拖鞋，进入屋子。屋子的内部装修非常现代，和洋房的外观呈鲜明的反差。屋子有两层，一楼为两房一厅的简单布局，靠南面还连接着一个院子。

"好漂亮哦！"黄小玲一边环顾屋子内部一边赞叹道。

"我先去做饭，你们坐。"邹先生脱下外套走进厨房。

"我来帮忙，"黄小玲也跟着进入厨房，"小杰人呢？他还没吃饭吧？"

"应该在楼上房间看书吧，等会儿我去叫他下来。"

"邹先生，你平时下班晚的话，小杰的晚饭怎么解决呢？"

"无论多晚，我回到家都会烧一点菜的，如果第二天无法准时到家，就让小杰自己把剩菜热一下吃，午饭和晚饭都是这样解决的。"

"你这样太辛苦了。"

"没办法啊，小杰妈妈走了之后，我只能承担起家庭主妇的重任了。"邹先生挤出一丝无奈的笑容，随后从冰箱里拿出事先买好的食材。

这时我注意到，客厅的茶几上摊着几本菜谱。看来邹先生是最近才开始硬着头皮学做菜的。

五十分钟后，一桌香喷喷的菜肴上桌，基本上都是黄小玲做的。

"谢谢你啊小玲，今天都靠你，我平时做的菜小杰都不爱吃……"邹先生有些不好意思地说。

"啊呀不客气啦，明明是我们来打扰你的，况且我最喜欢做菜了，我去叫小杰吃饭吧。"

"好，我跟你一起上去。"

我跟在黄小玲与邹先生后面走上通往二楼的楼梯。

"小杰，吃饭啦，你看看谁来啦!"邹先生敲着二楼房间的门。

房门从里面打开，门缝中漏出黄色的灯光，一个瘦小的身影走了出来。

"小玲姐姐，你来啦。"小男孩看见黄小玲后显得非常高兴。

"你还认得我呀小杰，真乖!"黄小玲笑着摸了摸小杰的头顶。眼前的小杰皮肤白皙，脸上充满了稚气，看气色似乎处在大病初愈的阶段。

"小玲姐姐给你烧了很多好吃的，快下去吃饭吧。"邹先生催促道。

餐桌上，我和小杰都吃得很欢。好不容易有机会尝到黄小玲的手艺，怎能不多享用一点? 黄小玲做的菜味道的确好得没话说，我一刻不停地吃着，以至于用餐过程中我多次遭到她的白眼警告。而邹先生也一直强调小杰今天的胃口要比以往好很多。吃饭时小杰不怎么说话，给人的感觉十分内向。每当黄小玲和邹先生试探性地问到他关于古怪行为的问题时，他总是缄默不语。但即使这样，我仍然觉得小杰不至于像他父亲所说的那样"堕落"和"自闭"。

吃完饭后，小杰回到自己房间，邹先生泡了两杯茶给我们，开始述说家里发生的怪事。

"上周，我在整理亡妻芳怡衣服的时候，在衣柜里看见一条她生前穿过的紫色连衣裙。这条连衣裙芳怡很喜欢，我就把它拿出来重新洗了一遍，晾在了院子里，然后怪事就出现了。因为那几天一直是阴天，衣服始终没干。有一天早上我去收衣服的时候，居然看见连衣裙的腰际处有一个红色的手印……"

"……好像鬼故事里的情节哦。"黄小玲缩了缩肩膀，露出害怕的表情。

"手印的大小呢？会不会是小杰的恶作剧？"我问道。

"手印是小孩子的手印，我一开始也以为是小杰的恶作剧，但我后来问小杰的时候，他说什么都不知道。况且，小杰是不可能做到这件事的……"

"为什么不可能做到？"

"因为在发现红色手印的前一天晚上，我去院子浇花的时候检查过衣服，那时候衣服上面还没有手印。之后我就把院子的铁门用挂锁锁上了。从理论上来讲，一直到第二天早上我打开门发现手印为止，都没有人能进到院子里啊，那这手印是怎么来的呢？你说诡异不诡异……"

"会不会是有人半夜偷偷从外面翻进院子？"

"不可能的，你过来看看就知道了。"邹先生起身领着我们走向屋子南边的院子。

南面的卧室与院子仅一门之隔，邹先生打开通往院子的白色铁门，外面已是漆黑一片。邹先生按下边上的一个开关，接在院子墙壁上的日光灯随即亮起，将整个院子照得清晰可见。院子的面积在十平方米左右，紧挨着围墙的地方有一个长方形花坛，里面种着一些常见的观赏性植物。我抬头一看，这才明白刚才邹先生为何能如此言之凿凿地否定外人翻进院子的假设——院子的顶部镶上了防盗铁栏，铁栏的间隙非常狭窄，恐怕就连小杰这样的小孩子也根本钻不进来。

我走到院子中央，再次抬头仔细观察着顶上的防盗铁栏。在靠屋子的那一侧，有一张宽大的绿色塑料遮雨棚压在铁栏上方，遮蔽住院子顶部近一半的面积。由于遮雨棚挡住了视线，从我站的位置无法看到屋子二楼的窗户。

"这上面是小杰的房间？"我指着遮雨棚问道。

"是的，遮雨棚上面就是他房间的窗户。"

"一楼的窗户那天也是上锁的吗？"我又看了一眼一楼卧室与院子之间的窗，问。

"没上锁，但我晚上是睡在一楼卧室的，我是个特别容易惊醒的人，要是晚上有人偷偷从那里的窗户爬到院子里，我不可能察觉不到。"邹先生的语气很坚定。

通往院子的途径有三条：一楼卧室的铁门——被上了锁；一楼卧室的窗户——在邹先生的监视范围内；院子顶部——装上了防盗铁栏。这是一个彻底密封的事件现场。

5

"当时衣服晾在哪个位置？"我望见院子的高处架着一根晾

衣杆。

"大概在这个位置吧。"邹先生指了指晾衣杆的中间。

这个时候黄小玲提出一种可能性:"如果院子上面就是小杰房间窗户的话,会不会是小杰晚上偷偷从自己房间爬到院子顶上,那里正好有遮雨棚可以落脚。然后他只要把手从铁栏杆的缝隙间伸下去,就可以摸到晾衣杆上的衣服了吧?"

"不可能,"邹先生马上反驳,"晾衣杆离院子顶部还是有一段距离的,小杰应该够不到。更何况要是踩在遮雨棚上一定会发出很吵的声音,我不可能没有听到。"

"那如果用一根杆子之类的东西直接从二楼窗户伸下去呢?这样就不必踩在遮雨棚上了吧。"跟我待久了之后,黄小玲的想象力也开始丰富了起来。

"可行性不高,一来家里除了晾衣杆外没有这么长的杆子,二来二楼窗户根本看不见院子,从位置和角度来说,没有可操作性。"邹先生再次否决道。

我踱步到院子的角落,抬起头,从现在的位置也仅能看见二楼窗户的一角,窗内拉上了窗帘。我又环顾了四周,院子西侧摆了一张简易的台子,我走近才发现,台子上堆放了许多试剂瓶、试管和烧杯。

"这些是……?"我指着这堆东西问。

邹先生瞅了一眼台子上的瓶瓶罐罐说:"哦,芳怡是高中化学老师,这些应该是她平时上课要用到的化学器材。芳怡以前常在院子里做一些小实验,用来备课。"

"是这样啊。"这时我注意到，台子上除了化学试剂外，还有几包花肥，便顺口问道："你妻子也喜欢种花吗？"

"是的，芳怡很喜欢种花，这里的花花草草都是她打理的。"邹先生指了指院子里的花坛。

我又一次抬头注视着院子顶上的遮雨棚。这时，我感到眼前的迷雾在渐渐散去。

"红手印是怎么来的，沈先生你有眉目了吗？"

"我们先进屋吧。"我示意大家回到屋子里。

"沈大师你解开谜团了啊？快说快说，是怎么回事？"身后的黄小玲不停地催促。

进入屋子后，我没有坐回沙发，而是打算就此告别："邹先生，请你不用为小杰担心，他没有心理问题。今天有点晚了，我们就先走了吧。"

"你还没解释清楚呢，走什么走啊？！我还想跟小杰再聊聊。"黄小玲有些不太情愿。

我看了一眼手机，说："时间也不早了，让小杰早点睡吧，你跟他聊也没用，他什么都不会说的。"

一旁的邹先生有些焦急："沈先生，能告诉我到底是怎么回事吗？"

我挠了挠头，说："邹先生，不是我要故意卖关子，只是时机未到。我目前也只能对奇怪现象做出一个表象的解释，但还不清楚其深层次的动机。不过请你相信小杰，他会用他的方式将他的心声传达给你听的。"

丢下这句话与完全不明所以然的邹先生，我和黄小玲离开了邹先生的家。临走的时候，黄小玲还热心地将门口的垃圾袋带了出去，让我帮忙丢掉。我打开垃圾袋朝内看了一眼，发现里面装着一堆啤酒罐子。

"看来邹先生平时还有酗酒的习惯。"

"是的，他妻子去世后，他酗酒越来越厉害了。有时晚上加班到很晚的时候，也能看到他一个人在办公室里偷偷喝闷酒呢。"黄小玲接过我的话说。

"看来真正堕落的是邹先生自己啊，"我叹了一口气，旋即斜眼望着黄小玲，"我说，你这么关心人家邹先生，又跟小杰关系这么好，不会是想做后妈吧？"

"呸！"黄小玲用力拍打了一下我的背，"别乱说！邹先生人是不错，条件也很好，但他不是我的菜，我只是纯粹想帮助朋友而已，况且小杰也真的很可怜……"

"好了好了，我开玩笑的，你别当真，"我立即打断黄小玲的话，"那……你的菜是什么样的呢？"

黄小玲做出认真思考的表情，说："要聪明，要帅，要养得起我，还要有趣。"

"还真是笼统的要求啊……"我装作漫不经心的样子，实际上心里在使劲盘算自己是不是符合要求。帅肯定是没希望了，养得起她这一点，以现在的工资水平，恐怕也是心有余而力不足。

"对了，你还没告诉我事情的真相呢。小杰为什么变得爱喝可乐啊？红色手印到底是谁的啊？啊呀你快告诉我嘛！快说嘛！"

夜晚，走在宁静的街道上，只有我和黄小玲两个人，真希望时间能在这一刻停止。

6

星期天上午，我接到黄小玲的电话，她要我到公司楼下新开的甜品店帮她买一份限量蛋糕。周末本身就闲得发慌的我立刻从家中赶到公司，在甜品店门口排了近一小时的长队后，终于买到了美国甜点大师亲自制作的限量布朗尼蛋糕。

已临近中午，我喜滋滋地拎着蛋糕来到写字楼二十二层，期待着黄小玲看到蛋糕时欣喜若狂以及对我感激不尽的样子。今天是周日，但黄小玲依旧要在办公区加半天班，不过马上就到12点的下班时间了。

刚踏进办公区，黄小玲就凑了上来，脸上的表情不是期待，而是担忧。

"沈大师，有新状况！"

"怎么啦？"我还没来得及将蛋糕交给黄小玲，就被她吓了一跳。

"今天邹先生也加班，刚才他收到小杰发来的短信，内容是'爸爸，能回家一趟吗'。之后邹先生拨了小杰的号码，想问他到底出了什么事，但发现打不通。"

"那邹先生人呢？"

"他下去取车准备回家了，我正好下班，我们和他一起过去看看小杰吧。"

"好！"我将蛋糕往前台桌子上一扔，转身又回到电梯里。

到了楼下，邹先生的黑色奥迪已停在门口等我们，我俩迅速跳上车。

"怎么样，电话打通了吗？"黄小玲对驾驶座上的邹先生问道。

"打不通。"随着一声引擎发动声，汽车飞快地驶离写字楼。

"沈先生，你不是说小杰没有问题吗？现在到底是什么情况？"邹先生虽然背对着我，但依然能从他的话中听出责问的语气。

"事到如今，我想时机也差不多了，我就先说下目前为止我的推断吧，"我清了清嗓子，"先说说窗帘和脚印的问题。大白天将窗帘拉上，地板上又有沾着灰尘的赤脚脚印。如果仔细推敲的话，这两者之间其实是有某种显而易见的联系的。

"先看脚印，小杰是个智力正常的少年，他不可能赤脚走出家门。况且，他要是离开过屋子的话，脚印不可能只在小杰的房间里出现，而是会同时出现在一楼的地板上。那么，弄脏小杰脚底的途径就很容易推断了。只有一个地方，会让小杰赤脚踩在上面，并将他的脚底弄脏。那就是——小杰房间窗户外面的遮雨棚。小杰正是在房间里，赤脚爬到了窗户外面，所以脚底才沾上了院子遮雨棚顶上的灰尘。待小杰回到屋子里时，自然会在地板上留下脏脚印。

"这便是脚印的由来。因此，现在我们知道了，小杰曾为了某个目的爬到过遮雨棚上。这样一想，窗帘的问题也就不难解释了。为什么要拉上窗帘？很简单，是为了遮挡——遮挡窗外遮雨棚上的某个秘密。小杰不想让他的爸爸看到这个秘密，所以才会态度强硬地把爸爸赶出房间。邹先生平时早出晚归，周末也基本要加班，所以大部分的白天时间都不在家里，而下班回到家之后，即使邹先生去了小杰的房间，也不会觉得房间拉上窗帘有什么不自然，因为已经是晚上了。"

"可是……到底是什么秘密呢？为什么要瞒着我？"邹先生的语调非常急促，相信现在的他仍是一头雾水。

"你听我说下去，"我继续说，"然后，就是小杰为何突然变得爱喝碳酸饮料。邹先生，我想问一下，你说小杰饮料喝得很快，但是，你有没有亲眼看见他喝那些饮料呢？"

"……那倒没有。"邹先生犹豫了一下后回答。

"那你有没有看见过他喝剩的空瓶子呢？"

"还真没有……小杰平时也会自己外出买东西，有时他会顺便把家里的垃圾倒掉，空瓶子应该被他一起扔掉了吧。"

"他没有扔掉哦。我认为，小杰让你买这么多碳酸饮料，其实并不是自己想喝，而是为了另一个目的——他需要两升装碳酸饮料的瓶子。"

"什么？瓶子？"一旁的黄小玲露出迷惑不解的神情。

就在这时，汽车已到达几天前我们来过的那幢老洋房。邹先生飞奔下车，连车门都来不及关上，就匆匆打开房门冲进屋子。我和黄小玲则紧跟在邹先生身后。

"小杰！小杰！"邹先生朝着空旷的屋内大喊。他爬上楼梯，直奔小杰的房间。

猛地推开小杰的房门，这次从房间中漏出的，不再是昏暗的灯光，而是充满暖意的阳光。窗帘被彻底拉开的屋子里，小杰正站在窗户旁边，圆睁着双眼望着满头大汗闯进房间的爸爸。

"小杰！你搞什么？干吗不接电话?!"邹先生用斥责的语气说。

"邹先生，你看窗户外面！哇！"随后进入房间的黄小玲指着窗外的遮雨棚，大声惊叹道。

我和邹先生的目光同时转向窗外，我们都看到了不可思议的景色。

绿色的塑料雨棚上，盛开着一朵朵粉红色的康乃馨，在阳光的沐浴之下，它们正雅洁地朝着天空微笑，朴素却又格外惹眼，一阵微风将花朵淡淡的馨香带进屋子，让屋里的每个人都呼吸到了本不属于这座城市的空气。

"果然猜得没错，"我望着栽种康乃馨的容器说，"小杰的零用钱有限，买不了这么多花盆。院子里的植物大都种植在花坛里，家里面的花盆也很少。所以，小杰动了个脑筋，他把可乐瓶上下裁开，用瓶子的底部代替花盆，在塑料雨棚上种起了康乃馨。"

遮雨棚上，装满泥土的透明塑料瓶在阳光的照射下透出亮闪闪的光芒。

"从外形上看，六角形的底座也显得非常美观，所以小杰才选用可乐或雪碧的瓶子。买来的饮料大部分是被小杰倒掉了，他只是想在短时间内集齐足够多的'花盆'而已。邹先生不继续为小杰买饮料之后，小杰只得偷偷去买，甚至去翻外面的垃圾桶找寻空饮料瓶，所以那天他的衣服才又脏又臭，"我将自己当初的推断说了出来，"总之，小杰之前神神秘秘的行为，以及什么都不肯说，这一切都是为了能够偷偷在塑料棚上种满康乃馨，等今天给邹先生一个惊喜。"

"可是……为什么是今天呢？为什么要种康乃馨？"邹先生看了看我，又一脸茫然地望着小杰。

"这就是我不明白的'深层次动机'，恐怕要问小杰了。"我摇了摇头。

"啊！母亲节！今天是母亲节啊！粉色康乃馨，是母亲节送给妈妈的祝福啊！"黄小玲突然间一语道破天机。

没错，今天是五月的第二个星期天啊！记得几天前的某个早上，黄小玲也在给自己的妈妈选购按摩器，原来那也是母亲节的礼物！我居然一直没想到这一点……真是过日子过昏头了。

邹先生蹲下身子，挤了挤眼角的泪珠，对小杰说："这些花，是送给妈妈的吗？"

7

听到爸爸的问题后，小杰却摇摇头，说："不……是送给爸爸的。"

"啊？送、送给我的？今天是母亲节啊。"邹先生愣了一下。

"没错，就是送给爸爸的，"小男孩抿了抿嘴唇，"妈妈去了天国之后，是爸爸代替妈妈每天煮饭烧菜，是爸爸代替妈妈洗衣服、做家务……"小杰抬起头，清澈的目光望着对面的父亲，"爸爸，谢谢你像妈妈一样照顾我。虽然妈妈已经走了……但是，只要爸爸一直陪着我，我仍然会觉得很开心。所以，这些康乃馨，是我送给代替妈妈的你的。"

房间里，谁都没有说话，所有人都在聆听，聆听这个小男孩内心的声音。

"爸爸，你做的菜一点也不好吃，但是……我还是很想吃，你能不能多花点时间，把菜烧得更好吃一点呢？不要再天天喝酒了，妈妈以前说过，喝酒对身体不好。"

眼泪早已不受控制地从邹先生的双眸中涌出，他一把抱住面前的儿子，不停抽泣。

"爸爸，对不起，突然把你叫回来……只是，你晚上回来的话，就看不到这么漂亮的康乃馨了。"小男孩用稚嫩的声音向爸爸道歉。

"没关系……"邹先生抚摸着小杰的头顶，"爸爸答应小杰，再也不喝酒了，爸爸会努力学做菜，让小杰吃得停不下筷子……爸爸会让小杰更加幸福。"

窗外的康乃馨随风飘曳。被阳光包围的花瓣，在蓝色天空的映衬下分外美丽，每一束花朵都朝屋内露出粉色的微笑。相信此刻，在天国的彼岸，也会有另一颗心看见这片温暖的康乃馨园地。

我与黄小玲谁都不忍心破坏这温馨的一幕，我们不打算再打扰这对父子，便悄悄离开。

走到门口，黄小玲抹了抹眼睛，说："好感人哦……小杰真懂事。"

"你不是一天到晚看韩剧吗？这种场面应该没少见吧。"我踢

107

起一块地上的小石子。

"那不一样啊！这是现实生活啊！啊……对了，那个红手印到底是怎么回事啊？"

"这个对邹先生来说，已经不重要了。"

"那你告诉我嘛，我想知道啊。"黄小玲向我投来恳求的眼神。

"其实这只是个巧合，你有兴趣我可以简单解释一下，"从邹先生的家走到地铁站还需一段路，我决定边走边为黄小玲解答这个最后的谜团，"小杰要种植康乃馨，他在花店买了种子，泥土在院子的花坛里有现成的，但除此之外，他还需要一样东西——花肥。小杰的妈妈生前喜爱种花，院子里也有不少现成的花肥，它们都摆在那张台子上。于是，小杰便经常偷偷从那里拿走花肥，给自己的康乃馨使用。而台子上除了花肥之外，还有小杰妈妈平时用来做实验的各类化学试剂，其中就有一种专门用来检测物质酸碱性的试剂——石蕊试剂。小杰妈妈平时应该也会拿石蕊检测花肥的酸碱性。

"那一天，小杰像往常一样去院子拿花肥，但这次他不小心打翻了边上的一瓶石蕊试剂，手心沾上了紫色石蕊，他便下意识地往边上一扶。沾有紫色石蕊的手正好抓到了一旁的紫色连衣裙，因为同样是紫色，所以肉眼几乎看不出来。

"为了不让爸爸察觉，小杰偷偷将打翻的试剂瓶收拾掉。那天晚上，邹先生检查了衣服之后，将院子的门上锁。同在那一晚，小杰突然心血来潮，想起要给花浇水。可能是那天白天他忘了浇水，也可能是他突然想念起了妈妈，想再呵护一下花朵。总之，他打开窗户，给塑料棚上的花浇起了水。小杰平时给花施的是磷酸二氢钠，这是一种 PH 值在 4.5 左右的酸性肥料。平时施肥时，塑料棚上也会沾染上一点这种肥料。那晚，小杰在给花浇水时，一部分水洒在塑料棚上。同时，水流将沾染在棚上的磷酸二氢钠冲刷下来。酸性的液体从院子顶部流下，正好淋在底下的连衣裙上。而连衣裙本身就有点湿，在水润的环境里，酸性肥料与白天小杰抓上去的紫色石蕊发生反应。初中化学都教过，石蕊遇酸性物质会变成红色。于是就出现了那个红手印。

"事后，小杰之所以不肯承认手印是自己抓上去的，是怕自己偷花肥的事情被爸爸发现，所以干脆什么都没说。"

听完我的解释，黄小玲眨巴着眼睛，说："虽然听不太懂，但好像很厉害的样子！不愧是沈大师啊！"

我摇了摇头，望着眼前的地铁站入口，突然想起了什么。"我们午饭都没吃吧……要不先去哪里吃顿饭？"

"啊呀我的蛋糕！快回公司，我要吃蛋糕!"黄小玲抓狂似的奔向地铁口。

8

星期一，全新一周的开始。忙完手中的事，我点开黄小玲的微信，跟她聊起了天。

"按摩器怎么样，你妈妈喜欢吗？"

"喜欢得不得了！"

"呵呵，其实老人家在乎的只是一份心意。"

"是啊，就像小杰对爸爸的心意那样。啊，对了，邹先生今天气色要比平时好很多，他戒酒了，人看上去特别精神。"

"是小杰给了他力量啊。"

"是啊，他刚才提前下班了，说是要多陪陪小杰。然后今天还问了我许多关于做菜的问题呢。"

"看来邹先生的五月病是彻底治愈了啊，真心祝福他和小杰能够幸福。"

"哟，这话从沈大师您嘴里说出来，总觉得很违和啊。"

"别叫我沈大师了！"

"哈哈哈，好啦不逗你了，其实吧……你这人挺不错的，聪明又好玩，早点找个女朋友吧。"

"……找得到早就找了。"

"怎么会找不到呢？要有自信啊，下次姐姐帮你介绍。"

"不用了……"

退出微信聊天界面，我心中涌起一股淡淡的忧伤。也许，我的五月病在我正式表明心意之前永远也不会痊愈吧……不不，也许表明心意之后，病情会更恶化也说不定。

恶作剧之夏

1

初夏，闷热难耐，衣服里侧就像涂了一层胶水，黏黏地贴在皮肤上。

"啊啊啊啊啊！"安静的办公区里突然传出一声响彻云霄的喊叫。

我连忙冲出 2222 室，跑向前台。果然，叫声正是前台小姐黄小玲发出来的。此时，她正脱掉鞋子站在椅子上，脸上写满惊吓。

这里是五角场 A 座写字楼的二十二层。二十多家独立公司驻扎在这一层的开放式办公区内。我所在的 2222 室则是其中一家私人企业，目前公司里只有我一名员工，日子闲得发慌。

黄小玲是办公区的前台小姐，自从我去年来这边上班认识了她以后，这里总是发生奇奇怪怪的事情，也不知道是中了什么邪。

看到黄小玲现在的窘态，我知道一定又发生了什么。

"怎么啦？"被叫声吸引，边上 2201 室走出一个女人。

"有蟑螂！"黄小玲惊恐万分地指着桌底。

"你至于吗？"我倒是松了口气。

这时候，办公区里的人三三两两地围到前台，大家都以为出了什么大事。但当得知只是蟑螂的时候，众人都各自散去。只有一位放暑假被家长带到公司里来的小男孩哭着逃回了妈妈的工作间，看来吓得不轻。

"沈、沈大师，快帮我抓蟑螂！"看到众人离去，黄小玲只得求助于我。

虽然我本身也比较怕蟑螂，但在这种时候，我一定要显得比黄小玲镇定："没事的，蟑螂的移动速度很快，估计早跑了，不要慌张。"

"哇！就在你肩上！"黄小玲突然指着我的肩膀大叫。

"啊啊啊啊啊啊啊啊！！"我的叫声比刚才黄小玲的还要惊天动地。

一番折腾后，我惊魂未定地回到自己的工作间。此时我的桌上已经多了三瓶杀虫剂。刚才被黄小玲吓到的时候，只有2201的那个女人泰然自若地拿着扫帚在地上抓蟑螂。这女的上个月刚入驻2201室。原本2201的邹先生因为公司业绩蒸蒸日上搬去了徐家汇的高端商务楼。而现在的2201是一家心理咨询室。这个女人则是一位心理医生，名叫李朝。

虽然名字非常男性化，但李朝绝对是一个不折不扣的办公室美女。每天见到她时，都是一身白色衬衫搭配黑色半身裙的职业装，宽大的黑框眼镜戴在她的脸上似乎显得有些突兀，顺滑的长发像瀑布般滑落到后背，靠近时能闻到一股淡淡的发香。

李朝刚来这边的时候，我就有些讶异——总觉得她跟黄小玲长得非常像，就连黄小玲本人也这么觉得。但即使外貌有几分相似，两人的性格却截然不同。李朝平时不太说话，给人冷冷的印象。这跟见到蟑螂就吓得跳起来的黄小玲形成鲜明的反差。

既然是心理医生，那一定能看透人心吧？我琢磨着哪天去找李朝咨询咨询我和黄小玲之间有没有发展的可能……

2

和往常一样，我和黄小玲坐在会客室里一起吃午饭。自从上次的牛奶事件之后，黄小玲再也不敢带便当来公司了。于是今天我在边上的第一食品商店买了两份小笼包，跟黄小玲一人一份。

"没想到你胆子也这么小啊，真没用……"黄小玲鄙夷地瞥了我一眼。

"谁让你故意吓我……"

"啊呀呀，原来我们沈大师也怕蟑螂啊。"

"别再提蟑螂了啊！在吃午饭呢。"我不高兴地夹起一个小笼包，咬了一口，吸光里面的汤汁。

"你是什么血型？都说 AB 型的人胆子小。"

"我？"我抬起头，"我是 O 型血，虽说血型对性格有一定的影响，但也不是决定性的吧。你的血型呢？"

"我是 AB 型哦。"

"据说胆子大不大跟遗传基因也有关系，"我嘴里嚼着小笼包，含糊不清地说，"你父母胆子小吗？"

听到这句话，黄小玲的脸色微变，随后扬起嘴角，轻声地说："我没有父母哦。"

"啊？"我差点被小笼包噎住，"你那天母亲节不是还送礼物给

113

你妈妈吗？"

黄小玲放下筷子，说："那是我的养母。现在跟我生活在一起的，是我的养父母。"

"……"

"我是在孤儿院长大的，我也不知道我的亲生父母为什么要遗弃我。一直到我六岁那年，养父母才从孤儿院里领养了我，他们来自一个普通家庭，都对我很好。"黄小玲努力用平和的语调说出一直潜藏在心底的秘密。

我一时无言以对，根本不知道黄小玲还有这样一段身世，此刻内心五味杂陈。

"对不起……我不是故意提到你父母的。"最终我还是道了歉。

黄小玲淡然一笑，说："没事的，我养父母一直对我很好。我觉得我和别人没什么两样啊，有一个幸福的家庭。"说完这些，黄小玲又恢复到原来的状态，大口吃起小笼包。

"嗯。"我冲她笑着点点头，心想黄小玲能将自己的秘密告诉我，说明对我还是非常信任的。我不禁心中涌起一股暖意。

这个时候，一个头发花白、看上去有些年纪的男人推开会客室的玻璃门。看到我们在吃饭，男人往门外退了一步，有些拘谨地说："不好意思……我问一下隔壁 2201 的李小姐在吗？"

"哦，她不在隔壁吗？"黄小玲站起身走到门口，"可能出去吃午饭了吧？您要不坐那边等一下。"她指着前台对面的沙发。

这时，李朝拎着一个饭盒从外边走了进来，看到那个男人，她稍稍有些吃惊："啊，李先生你来啦，去里面坐吧。"随后领着男人走进 2201 室。

在好奇心的驱使下，我打量了几眼这位消瘦的老先生。此人着装非常正式，一件灰色西装，一双锃亮的皮鞋，手上拎着黑色公文包，有种大企业领导的风度。但仔细观察后，我发现他的脸上有些水肿，走路时手也总是扶着腰，可见身体并不是很健康。

我和黄小玲继续坐下来吃饭，我连忙向有着"八卦小女王"称号的黄小玲求教："这男的是谁啊，看年纪有 60 多岁了吧？"

"不知道啊。"这次黄小玲的回答却出乎我的意料。"这个人经常来找李小姐的，可能是她的病人？"

"李朝只是心理医生，我看他的状态更适合去看普通的医生。"

"不过我有几次下班，看见这男的有司机接送哦，那车还挺豪华的呢，可能是哪里的老板吧。"

"60 多岁的老板一直来找心理医生，有意思。"我仿佛嗅到了一股异常的气息。

3

两天之后的早上，我比往常更早到公司。一从电梯出来，我就看见黄小玲愁眉苦脸地抬头看着前台的天花板。

"沈大师，你来看呀。"黄小玲向我招招手。

"怎么啦？"我好奇地走过去，顺着黄小玲的目光向天花板望去。眼前的景象让我吓了一跳。

天花板的圆形灯罩上，攀附着一只巨大的黑色壁虎——我定睛瞧了瞧之后才发现，那只是一张静止不动的壁虎贴纸。

"谁干的啊？"

"不知道，我早上一来就这样了，不知道是谁搞的恶作剧，"黄小玲委屈地嘟起嘴，"要是让主管看到，我又得挨骂。"

"先摘下来吧。"我刚要将前台桌子后方的办公椅搬出来垫脚，这才发现这张椅子太矮，站在上面根本够不到灯罩。于是，我环顾四周，想寻找更高的垫脚物。

"去2201借把椅子吧，那里好像有张木椅。"黄小玲提议。

于是我走过去，敲了敲边上2201的玻璃门，发现李朝已经来公司了。她望见我，站起身，蹬着一双黑色罗马高跟鞋向这边走来。

"不好意思，能借我把椅子吗？"我指着工作间里的一张白色木椅，"有人在灯罩上搞恶作剧，我想把贴纸摘下来。"

李朝探出头，看了看前台上方的圆形灯罩，确认我说的属实后便说："好，你拿去吧。"她同时将木椅上那张厚厚的方形椅垫拿开。

道谢后，我将木椅搬出2201，放在电灯下方。接着我脱掉鞋子，站上椅子，轻松够到了灯罩。我小心翼翼地将那张壁虎贴纸从灯罩上剥离。

"这好像是一张车贴，作案人应该是有车一族吧？"我将印有黑漆漆壁虎图案的贴纸递到黄小玲面前。这张贴纸从远处看，还真像一只活生生的壁虎。

黄小玲接过贴纸，旋即将它揉成一团，生气地丢进垃圾桶。随后她把气撒在我身上："沈大师，自从你来了之后，这里总是发生乱七八糟的事！你要给我找出恶作剧的犯人！"

"关、关我什么事啊？"

"气死我了……这几天怎么老是遇到恶作剧啊？"

"这几天？"我突然提起精神，"还有什么恶作剧？"

"中午再跟你说吧，我今天很忙。"黄小玲怨气满满地坐回前台，不再搭理我。

我将椅子还回2201，李朝还是冷冷的样子，只对我说了一句"就放这里吧"，便继续埋头于手中的病例文件。

"那个……请问你是心理医生吗？"我主动搭讪道。

"有事吗？"她抬起头，明亮的眼眸望着我。

"哦……有空想找你做个心理咨询。"

李朝轻笑一声，说："你应该没什么大的心理问题，除了有点受虐倾向。"

"啊……你怎么知……啊不是，你凭什么这么说？"我一脸吃惊。

"观察而已，"李朝调整了下坐姿，跷起二郎腿，腿部曲线一览无余，"没事，有空可以来找我做个咨询，不过我收费不便宜。"

"好……好的……那下次吧，不打扰你了。"

4

结果一直等到下午，黄小玲都没有抽出时间跟我详细讲述她提到的恶作剧。漫长的白天就这样过去了，一直到傍晚6点下班时间，她才总算忙完所有的事。

117

这时候黄小玲已经换下工作服，穿上一件淡绿色的吊带衫，整个人看上去更加清凉，富有活力。她来到2222室敲了敲玻璃门："沈大师，下班了吗？"

我合上笔记本电脑，起身正欲离开。黄小玲的突然闯入，让我心头涌起一阵欣喜。

"准备走了，正要去前台找你，"我关上灯，走出工作间，"该跟我说说这几天发生的怪事了吧？你吊了我一天胃口。"

"嗯，你跟我来呀。"黄小玲小跑步向回廊西侧前行，我则快步跟在她身后。

她带我来到餐饮区，这里曾经发生过"便当被倒入牛奶"的恶作剧事件，我印象还很深刻。难不成又有人在这里搞恶作剧了？

"我从头开始说哦，"黄小玲站在饮水机前，从水桶上方的塑料袋里抽出四个一次性纸杯，"第一件怪事就发生在我被蟑螂吓到的那天下午。"她将四个杯子倒扣过来，一个个放在旁边的桌子上，摆成从右至左的一排。

"什么意思？"我望着四个排列成一条直线的白色杯子，完全不知所以然。

"这就是第一件事情，"黄小玲指着杯子说，"那天下午我来餐饮区倒水，就看到这里的桌子上这样摆着四个杯子。"

"哦？每个杯子都是杯口朝下倒过来放的？"

"对，就跟你现在看到的一样。我觉得有些奇怪，就把杯子一个个翻开来看，里面似乎是干净的，也没装过水或饮料。但被人

118

这样动过总归不卫生，所以我就直接扔掉了。我当时以为是谁拿出来要用，后来忘记了没有放回去，所以也没当回事。"

我拿起其中一个杯子，里外看了看，没什么特别，就是最普通的一次性纸杯。为什么要把空杯子这样摆放在桌上呢？

"后来到快下班的时候，我又去餐饮区倒水，又再一次发现四个这样倒扣在桌上的杯子，"黄小玲继续说，"你说，第一次可能是弄错，第二次还这样，这绝对是人为的恶作剧了吧？"

"连续两次把四个空纸杯倒扣在桌上？"我一下提起了兴趣。但转念一想，又觉得似乎没什么大不了的，也许只是小孩的恶作剧。这几天不是有个家长把孩子带来公司了吗？

"后来我又把杯子扔了，你说这多浪费啊，足足损失了八个杯子。"黄小玲惋惜地说。

"之后还发生过这样的情况吗？"

"没有了，就这两次，"黄小玲收拾完杯子，愁眉苦脸地说，"接下来第二件恶作剧，是发生在杯子事件的第二天早上。"说着，她又领我走到前台。

"就是昨天早上咯？"

"是的，"黄小玲指着前台上方的圆形挂钟对我说，"我一早过来的时候，发现这个钟被倒挂了。"

"倒挂的钟？"似乎比刚才倒扣的杯子更有意思，我的兴致又提升了。

"是的呀，害得我还要爬上去把它摆正。"黄小玲气呼呼地说。

"可以拿下来看看吗？"

"你看吧，看完给我挂回去。"

于是我脱下鞋，踩在黄小玲平时坐的那张办公椅上，将挂钟取下来。后方的墙壁上有一个支撑挂钟的钉子，除此之外并无特别之处。我仔细观察了那个挂钟，样式很简约。黑色的塑料外框包裹着白色表盘，十二个清晰的数字和三根细长的指针分布在表盘上。钟的背面有一个电池盒，我打开盖子看了眼，里面装着两节五号电池。最后证实，这只是个普通的挂钟，没有任何异样。

我将钟重新挂回墙壁的时候，还特意将它上下颠倒过来审视了一番，也没发现其中有什么特殊含义。

"怎么样，找到线索了吗？"底下的黄小玲催促着。

"没有，"我从椅子上下来，穿好鞋子，"毫无头绪，不知道为什么要搞这样的恶作剧。"

"亏你还号称沈大师！"

"我从来没自称过大师，沈大师一直是你在叫……"我感到无语，"给我点时间，让我想想，除了杯子和挂钟外，还发生过什么恶作剧？"

黄小玲用食指指了指上方："就是今天早上了呀，你也看到了，灯罩上的壁虎贴纸。"

"就这三件事情？"

"对啊。"

"目的不明……"我手托下巴思索起来，"如果只是乱放的杯子，还可以解释成是小孩子的恶作剧。但是挂钟和灯罩，这个需要爬到高处才能做到，小孩子不可能完成吧？"

"那就是成年人的恶作剧咯？"一旁的黄小玲满脸疑虑。

"那就有一定的目的性了，不太可能是纯粹的恶作剧，"我一边思考一边说，"倒扣的杯子，倒挂的时钟，还有倒攀在天花板上的壁虎……有趣。"

5

当天晚上，一个可怕的念头在我脑中诞生。为了证实这个念头的可信度，我必须向黄小玲确认几件事。

第二天上班，办公区里一切太平，没有再发生新的恶作剧事件。午饭时间，我帮黄小玲买了意大利面，自己则随意啃了个三明治。我和她在会客室里相对而坐。黄小玲看到我食欲不振的样子，脸上现出疑惑。今天的气氛，和往日似乎有些不同。

"沈大师，你怎么啦，一直不说话？"黄小玲歪着头，一脸茫然地望着我。

"我想问你点事……"

"你问啊，大男人别磨磨叽叽的。"

"嗯，"我点点头，"首先，杯子事件的那天下午，你是自己要喝水才去倒水，还是别人让你去倒的？"

黄小玲想了一下："第一次是我自己要喝，第二次是2201的李小姐让我去倒的，她说等会儿有个病人要过来。"

"李朝？"我喃喃道。

"是啊，有什么问题吗？"

"那么，你能告诉我你两次将杯子扔进垃圾桶时的具体动

121

作吗？"

"具体动作？"

"就是你手是怎么拿杯子的？"

"啊？这个我怎么记得……我想想哦，"黄小玲抬起头，努力回想，"第一次是两只手各抓着两个杯子的杯口丢进垃圾桶；第二次好像是一个个套起来再扔进去的。"

"你把杯子套起来的时候，有发现什么异样吗？"

"没什么异样啊……能有什么异样？"

"嗯……那没什么，继续第三个问题，那天你把挂钟重新摆正的时候，是踩在哪把椅子上的？"

黄小玲皱了下眉，仍然不明白我这个问题的用意："就是我坐的那把办公椅呀，怎么啦？这有什么好问的？"

"第四个问题，"我急不可耐地伸出四根手指，继续问，"一直来找李朝的那个老先生，在李朝搬来这里之前，你跟他见过吗？"

黄小玲将一根意面送进嘴里，抬头思索了片刻，说："你这么一说……好像在李朝搬来这里的一周前，是有个和老先生很像的人来过这里。我不确定是不是他，只是有个粗略的印象，他来看过这里的工作间。如果就是老先生本人的话，他应该是来帮李朝物色办公地点的吧？那么，两人可能就不止心理医生和病人的关系这么简单了。"

"也就是说，可能是那个老先生向李朝推荐了这里的工作间，让她把心理咨询室开在这的？"

"有这个可能哦。"黄小玲答道。

122

似乎一切都对上了，我低头沉思了起来，此刻脑子里的碎片正在慢慢拼合。

"沈大师你怎么啦？你倒是说话啊，以前你解谜前从来不这样的。"黄小玲伸出手掌在我面前晃了晃。

"小玲，"我抬起头，直视着对面的黄小玲，表情凝重地说，"如果我说，这次的事件可能关系到你的身世，你还愿意听我揭开谜底吗？"

黄小玲顿时松开捏着叉子的手，瞠目结舌地望向我。

6

沉默了良久，黄小玲最终叹了口气："告诉我你所知道的吧，沈大师，只要是你说的，我都能接受。"

我轻轻颔首："好。"

黄小玲将意面碗挪到一边，坐直身子，做出认真倾听的样子。

"接下来我说的，是针对三起恶作剧事件所做的一个合理性假设，"开场白说完后，我清了清嗓子，"而从这个假设，我推导出一个惊人的事实，那就是——一直来找李朝的那位老先生，其实是小玲你的亲生父亲。"

"啊啊啊？"黄小玲张大嘴巴愣在那里。

"你先别惊讶，听我说下去，"我继续说道，"你一出生就被你的亲生父母遗弃在孤儿院，你从来没见过他们，当然也不知道他们长什么样。

"我们先暂且称那位老先生为 × 先生吧。× 先生目前是一家大企业的老板，可能是为了在这附近建立公司分部。有一天，他来到这栋写字楼的二十二层寻找合适的工作间。就在那一天，他见到了这里的前台小姐，也就是小玲你。而2201室的李朝，实际上是 × 先生的大女儿，也就是你的亲姐姐，这就是你们长得很像的原因。还有那天，我们都听到李朝叫 × 先生'李先生'，证实两人都姓李。

　　"因为当年的某些原因，或许是养不起两个孩子，× 先生只得把小女儿遗弃在孤儿院。而在二十多年后，× 先生见到你的一刹那，就察觉到你非常像他的大女儿李朝。当然除了长相之外，还有一种父女之间特有的感觉，促使 × 先生怀疑，你就是二十多年前被他遗弃的小女儿。

　　"为了证实这件事，他派李朝租下了这边的2201室，长期在这边办公。目的当然是想让李朝接近你、观察你，以确认你是否是他的女儿。那么，受到父亲委托的李朝会怎么做呢？要证实是否有亲子关系，最直接的方法当然就是——亲子鉴定。而要做亲子鉴定，就必须拿到你的 DNA。

　　"李朝必须想办法拿到你的 DNA。她首先想到的是你的头发。某天下班之后，她一定在你桌上或座椅底下找过你的头发。但因为脱落的头发是没有毛囊的，所以无法提取到 DNA。况且，在地上找到的头发也未必就是你的，这种方法效率太低。

　　"于是，李朝决定换一种方法——就是直接提取你的血液。但要怎么才能拿到你的血液呢？总不能直接上来割你一刀吧？于是，

124

那三起恶作剧就诞生了。

"四个排成一排、倒扣在桌上的纸杯——这便是李朝设计的第一个机关。首先，她事先准备好一个锥形的小尖针，将尖针的底部贴在一张和杯底差不多大小的圆形纸片上。然后，她从餐饮区拿来一次性杯子，将纸片针尖朝下放进去，塞到底部，稍稍让针尖刺破一点杯底，但不能刺穿，就这样将纸片固定在杯底。而纸片作为假杯底，有效制止了你在翻开杯子时发现里面的尖针。

"她准备了两个这样杯底藏有尖针的一次性纸杯，将它们倒扣在餐饮区的桌子上，一头一尾，中间再放两个普通的杯子。放四个杯子的目的之一便是引起你的注意。李朝的计划是：当你看见这四个纸杯时，一定会把它们收拾掉。而一般情况下，面对四个杯子，要一次性将它们拿走，通常会将杯子一个个套在一起，再一把抓走。而无论你从最右边的杯子开始套还是从最左边的开始套，位于最上方的杯子一定是藏着针的。这时候，下面的杯子会将上面杯子里的纸片顶上去，针就会刺穿杯底冒出来，你的手指就很有可能被扎破。而此时，你的血液就会流到杯底。一次性纸杯的杯底既卫生，又便于吸收血液，是相对比较理想的血液提取物。之后李朝只要马上回收垃圾桶里的杯子，将沾有血液的那部分杯底剪下，装在信封里保存好，就能成功得到你的 DNA 了。

"放四个杯子的另一个目的，是为了提高你将纸杯一个个套起来的概率。如果只放两个的话，只要一手拿一个就可以直接丢进垃圾桶。但是李朝还是失算了，第一次，你没有把杯子套起来，而是双手各拿两个杯子把它们扔掉。于是李朝又进行了第二次计

125

划，再次摆了四个杯子在餐饮区。这一次她没有耐心再等你去倒水的时候无意间发现纸杯了，而是谎称有病人要来，要你马上去倒一杯水。你匆匆来到餐饮区，再次发现了四个纸杯。这一次，你倒是把杯子一个个套起来了。但李朝的计划依然没有成功，可能针的位置刺偏了。总之你没有发现杯子里的机关，还是直接将它们扔进了垃圾桶。

"顺便说下，制作纸杯的尖针和纸片可能就是 × 先生提供的，还记得那天他手上拿着一个公文包吗？应该就是那时候带来的。

"然而，失败了两次之后，李朝不得不放弃这个计划。毕竟要正好刺中手指，成功率非常低。这个时候，李朝灵机一动，换了个方案——扎手指行不通，那就扎你的脚。"

说到这里，我停顿了一下，再次理了理我脑中的思绪。而此时，黄小玲已然目瞪口呆，仿佛整个人都沉浸在梦境中。

7

解开杯子之谜后，我去餐饮区倒了半杯水，咕嘟咕嘟喝了个痛快。

回到会客室，坐回椅子，望着还愣在原地的黄小玲，我说："那我继续咯。"

黄小玲回过神，瞅了我一眼，随即微微颔首。

"李朝想要扎你的脚，于是她想了一招——在一张椅垫里塞入一根尖针，下方再垫一块纱布。她将这张椅垫放在自己工作间的那把木椅上。接着，那天下班之后，李朝偷偷将前台的挂钟倒过来挂，她的目的显而易见。第二天早上，当你发现倒挂的时钟时，一定会马上把它摆正，而这时候，你需要一张垫脚的椅子。李朝原本的计划，是让你来借自己工作间的那把木椅。等你脱了鞋子踩上椅垫，垫子里的针就会扎破你的脚底，血液流出，渗进底下的纱布。这时李朝只要装出十分抱歉的样子，告诉你椅垫里可能掉进了一颗钉子，然后迅速拿走椅子，就能蒙混过去了。而以你老好人的性格应该也不会去追究。之后，她只要拿走沾有你血迹的纱布，就大功告成了。

"但是，李朝没有想到，你会用自己的办公椅来垫脚。一来她觉得这种转椅站上去不稳，不适合垫脚；二是她低估了你的身高，她目测以你的身高，即使站在办公椅上，应该也无法够到挂钟。相较之下，2201室的那把木椅则要高得多，也更适合垫脚。

"意识到自己的疏漏后，李朝重新调整计划。这一次，她在灯罩上贴了个壁虎车贴。灯罩在天花板上，以这个高度，要爬上去将贴纸撕掉，你就只能用2201室的那把木椅了。但是人算不如天算，她又万万没想到，这次，你找来了我帮忙……看到来向她借椅子的我，绝望透顶的李朝只好把椅垫抽走，不得不再次放弃计划。

"以上就是这三起恶作剧事件的真相，这是我结合了所有线索，所能想到的最完美的解答了。"解说完毕后，我深吸一口气，观察着对面黄小玲的反应。

呆坐许久，黄小玲才开口道："可是……可是，确认了我是他女儿又怎样呢？是想认我吗？那为什么当初要丢下我？"说着说着，她的眼角变得微红。

"其实，我认为……×先生可能不只是想认你这么简单，"我预感到接下来说的话可能会给黄小玲带来巨大打击，于是尽量使语气变得委婉，"×先生身材消瘦，脸上有水肿，走路还会扶着腰，这些都是肾不好的症状。所以我推测，×先生可能得了严重的肾病，需要肾移植，也就是换肾。因此，×先生必须找到合适的肾源。一般来说，直系亲属的肾脏匹配率是最高的。×先生一开始一定想让李朝给自己提供肾脏。但是，医院检查下来，李朝的肾脏却和×先生配型失败，可能是血型不匹配或别的什么原因。"

听到这里，黄小玲脸色一变，嘴角颤抖了一下。少顷，她才缓缓地说："所以……他是想要我的肾吗？"

"我只能说，有很大的可能性。"我如实地说出自己的结论。

"这太荒谬了！这……"黄小玲有些情绪失控，"沈大师……虽然你说了老半天，但是对于目前的我……我还是无法接受这个现实，我现在什么都不想思考，"旋即，她突然抓住我的手，"请你答应我，这件事对所有人保密，我不想改变现在的生活，至少现在不想，请给我时间，让我去决定该怎么做。"

感受着黄小玲手掌的温度，我的心跳逐渐加快。愣了十几秒钟后，我才点点头："当……当然，我会保护你的隐私，也会尊重你的决定。"

8

此时的我，也不知该如何安慰黄小玲。如今，我也做不了什么，只能让黄小玲自己去确认这件事，然后再作下一步的打算。

正当我站起身准备离开会客室时，一个女人打开了会客室的门。

"啊，不好意思打扰了……"女人礼貌地冲我们点点头。

"你好，施小姐，有什么事吗？"黄小玲也站起身。我这才想起，这位女士是2205室的杂志编辑施小姐。这几天正是她把放暑假的儿子带到单位里来，以至时常能在走廊里听到男孩的嬉闹声。

"那个……灯罩上的壁虎贴纸，你撕掉了吗？"施小姐突然来了这么一句。

我和黄小玲都愣了一下。黄小玲马上问："你也看见了？是有人恶作剧，早上我已经撕掉了。"

施小姐尴尬地笑了笑，支支吾吾地说："对不起哦……那张贴纸是我贴上去的，我是来道歉的。"

听到这句话，我的头上仿佛被人猛地浇了一盆冷水。

黄小玲也登时一怔："你……你贴的？你为什么要这么做？"

看到黄小玲激动的样子，施小姐更加自责道："实在对不起，其实是这样的……"

还没等施小姐说完，我就插嘴问道："那么，餐饮区里那四个杯子，还有倒挂的时钟，也是你做的？"

"倒挂？"施小姐愣了愣，随即点点头，"啊……嗯，都是我做的，给你们添麻烦了……"

又是一盆冷水浇上来……

"为什么呀？"黄小玲摆出一张欲哭无泪的脸。

129

"是这样子的……"施小姐像个罪人般低着头,"你们知道,这几天放暑假,我把儿子小米带来了公司。哦……小米是他小名。因为家里没人照顾嘛,我只好暂时带过来。

"然后前几天,小黄你不是看见了蟑螂嘛……小米跟你一样,最怕蟑螂啊蟋蟀啊这种虫子了。他吓得不轻,一直闹个不停,严重影响我工作……还总说自己看见了蟑螂,虽然我觉得他只是心理作用。所以为了安抚他,我就在餐饮区里倒扣了四个纸杯。我带小米过去,告诉他蟑螂已经全部被抓住了,就关在这四个纸杯里,让他不要再害怕了。

"这招还挺有效,小米不再闹了。但是下午过了一会儿,他跑来跟我说杯子不见了,蟑螂逃跑了……我去餐饮区一看,四个杯子果然被扔掉了。于是我没办法,只好再摆了四个杯子出来,又哄了一次小米,他这才消停了一会儿。

"那天我加了会儿班,晚上带着小米离开公司的时候,他突然指着前台上的挂钟说,看见一只蟑螂爬到了时钟后面,要我抓住它,还在那边哭闹个不停。我没办法,只好爬上去把钟拿开,但是后面什么都没有,小米这才死心。可能是我把时钟重新挂回去的时候,不小心挂倒了吧……

"我这孩子实在太'作'了……哎。到了第二天,又开始闹了,说妈妈公司有蟑螂就是不肯跟我过来。我没办法,只好又想了一招……那天下班之后,我从工作间搬了把椅子到前台,然后站上去,在天花板的灯罩上贴了张壁虎贴纸。小米曾在少儿读物里看到过,壁虎会吃昆虫,体型大一点的壁虎甚至可以吃掉蟑螂。

我就让小米看灯罩，告诉他这边养了一只壁虎，把所有的蟑螂都吃掉了，不必再害怕。之所以贴得那么高，一是小米够不着，二是看上去挺像真的，不容易被识破。这下子小米总算安心了……我本想隔天早上过来把壁虎撕掉的，不想给小黄你添麻烦。但我早上来晚了，又忙了一整天，就一直忘了这事。直到今天才记起来，所以就想过来跟你打声招呼……真对不起，我儿子给你添麻烦了。"

从施小姐的表情可以看出，她真的深感惭愧。

"好吧……"知道真相的黄小玲好像松了一口气，微笑着对施小姐说，"没事没事，搞清楚就好，没事……"随即，她猛地侧过头，斜睨着我的脸。

这时，施小姐的儿子又在回廊里发出高分贝的喧闹声。施小姐"啧"了一声，连连对我们道歉："你看……又不消停了，我得去管管他，抱歉抱歉……"说完她转身走出会客室，冲着门外的儿子吼道："小米！你再吵妈妈打你咯！"

"呃……"此时的我真想马上找个地洞钻进去，"那个……那就这样吧，午休差不多结束了，我先过去工作了，哈哈哈哈。"

黄小玲冷哼了一声，旋即关上会客室的玻璃门，将身子挡在门前，一脚踩住旁边的椅子，拦住正要走出去的我："不要急嘛，我们聊聊。"

我的身子往后一缩，额头冒出一阵冷汗："不……不聊了吧……我还有工作。"

黄小玲呼出一口气，猛然间撩起一脚踹在我的小腿上。高跟鞋的鞋尖直击我的小腿骨，撕心裂肺的疼痛感瞬间袭来。

"啊！"我急忙蹲下身子捂住小腿，这是有史以来黄小玲对我最暴力的一次，"我错了……"我抬起头，可怜兮兮地望着她。

"你有毛病啊！没有证据就乱说！还扯到我的身世，你吃饱了没事干是吧？随便拉个人过来就说是我爸？你怎么不说你是我儿子啊？！还装模作样推理了老半天，你哪来的自信啊？我居然还差点相信你……去死吧！以后再也不信你的话了！哼！"发泄完毕后，黄小玲气呼呼地走出会客室，只留下哭笑不得的我。

9

之后的整整一下午，黄小玲都没有理我。这也难怪，毕竟我中午的胡言乱语触及到了她内心的敏感地带。这种事容不得半点玩笑，我这次的确做得过分了。

下班回到家之后，我试着在微信上联络黄小玲，想要跟她正式道个歉。但一想，道歉应该当面说才有诚意，但此时微信消息已经发了出去，后悔也来不及了。

出乎我意料的是，黄小玲秒回了我："算了，你也不是有意的，下次请我吃好吃的作为补偿吧。"

一阵欣喜涌上心头，我连忙打出一行字："好的好的，没问题！"

"不过今天你的推理是第一次出错哦，要好好检讨！"

"嗯，必须的……我也没想到这次会错得这么离谱，是我想太多了。"

"怪你脑洞太大！我当时就觉得奇怪，如果真要我的DNA，可以像很多韩剧里演的那样，装作帮我弄走头上的虫子，然后直接拔掉我一根头发啊，何必搞那么多事……我也不该一直被你的推理牵着鼻子走。"

"是的……现在想想疑点确实很多。不过李朝和那位老先生到底是什么关系啊？"

"对了……我今天看见他们在车里搂搂抱抱呢，肯定不是父女关系了。"

"……原来李朝好这口啊。"

之后的一分钟，聊天界面一直静默着，我以为黄小玲已经下线了。正要退出微信时，手机屏幕上却闪现出一条新消息。

"沈大师……我想了很久，虽然这次你的推理出现了乌龙。但是，我还是很想知道自己的身世，我想找到我的亲生父母，然后亲口问一问他们，为什么要把我遗弃。所以，我希望有一天，你能真正解开我的身世之谜，可以吗？"

犹豫了几秒钟，我在编辑栏打出两个字发了过去："一定。"

"那我就放心了，好啦我去睡觉啦，记得欠我一顿饭哦。"

岂止是身世之谜，黄小玲对我而言，浑身上下都充满了谜。如果可以，我真希望能用一辈子去解开这道全宇宙最大的谜题。

室内撑伞的男人

1

"这门打不开。"陈俊将手掌顶在一扇铁门上，使劲向内推了推。而铁门如牢固的城墙般岿然不动。"应该从里面锁住了吧。"

"怎么会？"身旁的男人急躁地用拳头击打着厚厚的门板，门上发出闷闷的敲击声，"谁跑到我办公室里把门反锁啦？真见鬼！"

"路总，现在怎么办？"陈俊的小眼睛投来询问的目光。

"快找人把门弄开，也不知道里面什么情况。"戴着眼镜的路小聪因为过于急躁，已经满头大汗，就连镜片也蒙上了一层汗水形成的雾气。

"好。"收到上司的命令，陈俊转身离开。

就在这时，路小聪抱着最后一丝希望握住门把手朝内推了推门，门居然能打开了。

铁门的里面是一间宽敞的办公室，阔气的办公桌上堆着凌乱的文件，伫立在墙边的柜子也被翻弄得乱七八糟。

路小聪赶紧冲到自己的办公桌前，打开了其中的一个抽屉，检查着一沓文件。

"没了……T公司的账目记录没了。"路小聪摘下眼镜，一脸慌张。

陈俊的身影出现在门口。"路总,发生了什么?"他环顾了一圈办公室,基本上也猜到发生了什么。

路小聪抬起头:"有小偷……偷走了重要的文件。"

"那报警吧!"

"不用……先不用。"路小聪立刻否决了这个提议。

陈俊检查了铁门后方的门闩,那是一个旋钮锁。只要从门的内侧转一下旋钮,门闩就会弹进边上的插孔,而这个旋钮锁只能在内部操作。

"门闩上有裂纹,"陈俊说出检查结果,"应该是我们刚才用力推门造成的,说明刚刚这扇门是从里面反锁的。"

路小聪一脸困惑:"但是现在门闩是打开的状态。表示直到刚才,那个窃贼还一直在这间办公室里咯?他从里面打开门闩之后,又从这个房间消失了?"

"这里没有藏身的地方。"说完这句话,陈俊和路小聪的目光同时望向窗户。窗户的位置在门的正对面。此刻,窗户是向外打开的状态。

两人走向窗户,同时朝窗外望去。

"有绳子!"陈俊指着绑在外侧窗框上的一根麻绳,惊叫道。

"不会是从这里爬下去的吧?"

"可是……这里是二十三楼。"两人探出头,俯瞰着下方如蚂蚁般的行人,脸上的神情同时变得茫然不解。

2

又是闲得发慌的一天。

从前天开始，我的老板马可就去北京出差了。而在那之前，我已经拼死拼活忙完了手头所有的工作，以至于这几天实在无事可干，加上老板不在，我于是独自一人百无聊赖地坐在办公区的工作间里头，对着电脑屏幕放空。

从毕业后觅得这份工作到现在，已经快一年了。这一年间，除了假日，我几乎每天都过着两点一线的生活。但其实我每天都很闲——这倒也很对得起我的低收入。

为什么不换份工作？第一当然是因为我懒，第二么……正当我思绪凌乱之际，一条微信消息让我振奋起来。

"沈大师，在忙吗？"

"不忙，怎么啦？"我飞速按着手机屏幕。

"出了件怪事！"

"什么？"

"你等会儿来下餐饮区呀，我们在那汇合。"

"OK！"

这个有事没事总是在微信上传唤我，并把我牵扯进一些奇怪事件的人是办公区的前台小姐黄小玲，她同时也是这里的事务员，处理着各种杂务。

因为某个事件，我和黄小玲建立起某种微妙的关系。她是个好奇心旺盛的人，凡是卷入或发现什么不寻常的事，都会第一时间求助于我（实际上是命令我），要我解开其中的谜团。而我，倒也乐在其中……这便是我不想辞职的又一个原因。

说起来，这栋写字楼还真诡异，几个月前似乎还发生过一起杀人事件。这次黄小玲找我，该不会和那件事有关吧……身为技术宅，我虽然头脑灵活，但一见到尸体就会腿软，天生不是当侦探的料，还是乱七八糟的日常之谜更符合我的胃口。

五分钟后，我依照约定来到回廊中间的餐饮区。这里是公共区域，但目前还没到午饭时间，里面没有人。不一会儿工夫，我就听到高跟鞋敲击地面的声音向这里传来。很快，黄小玲的身影出现在眼前。她今天还是和往常一样，穿了一身淡蓝色的工作制服，底下是黑丝袜搭配高跟皮鞋。

"沈大师！"黄小玲调皮地侧着脑袋，向我招招手。

"干吗非要在这里汇合？"

"你有意见？"

"没……没有。"

"言归正传，"黄小玲像做了贼似的看了看走廊，旋即将身子凑近我，轻声说，"2208 的陈先生今天特别奇怪。"

"哪里奇怪了？不会又是个偷窥狂吧，还是偷偷送礼物给你了？"我回忆起之前的几起事件。

"不是！"黄小玲用力拍了我一下，"这次跟我没关系，是他的行为本身就很奇怪，刚才他隔壁的黄先生跟我反映了……我过去一看也吓了一跳。"

"到底怎么啦？"我表现得很急躁。

"你跟我来。"黄小玲懒得多说，她急匆匆地走出餐饮区，我也立即跟了出去。没走几步，黄小玲突然转过身，将食指放到嘴上做了个嘘声的动作。

我俩保持安静地走到2208室的门外。这里的工作间是玻璃墙，玻璃板中间虽然有一段毛玻璃区域，但从毛玻璃的上方，还是能瞧见工作间内的大部分景象。我悄悄走近玻璃门朝内窥视。此刻的2208室内，是一派奇妙的画面———一个男人正背对走廊坐在办公桌前。握着鼠标的右手操控着电脑，没什么异样。但他的左手，长长的手臂正朝上伸直，高举着一把醒目的大红色阳伞———伞是打开的。

3

回到自己的工作间后，我耐不住好奇，想进一步和黄小玲在微信上讨论这件事。但黄小玲好像正在忙，没有回复我的消息，我决定直接到前台找她。

随便找来一沓文件，我假装去前台使用复印机，借机和黄小玲交谈。

"沈大师，你说他为什么要在房间里撑伞？"忙完手里的活，黄小玲将身子倚靠在前台的桌子上，向我发问。

"可能性有很多……我想先问一下，陈先生这样举着伞维持了多久？"

黄小玲抬头想了一下，说："好像上午一直撑到现在，我每次经过，都看见他保持那个动作，至少两个小时了……手不累吗？"

"要说撑伞……最先想到的恐怕就是挡雨和遮阳吧？难道天花板在漏水，还是光线太刺眼？"我提出了两个最基本的假设。

"不可能啊，"黄小玲连忙摇头，"今天是晴天，外面又没下

138

雨，再说我们这边的天花板不可能漏水的，质量可好了。要说遮光的话……首先2208室并没有窗户，根本没有强烈的阳光照进来，就算是办公室里的灯光，那也是非常柔和的亮度。况且……真要觉得灯光刺眼的话，直接关掉电灯不就好了吗？"

"是啊……确实说不通，何必要在室内打伞呢……太奇怪了。不会是……"

"不会是什么？"黄小玲投来好奇的目光。

"呃……没什么，"我突然想到某种内面有奇怪图案的"绅士"伞，"我在想，伞的内面会不会有什么文章？"

黄小玲看了看手腕上的表，说："马上到吃午饭的时间了，一会儿我们去亲眼见证下吧。"

二十分钟后，我收到黄小玲的微信消息：他出去了，我们行动吧！

于是，我跟黄小玲在2208室的门外汇合。黄小玲打开玻璃门，娇小的身体敏捷地窜了进去，我也连忙蹑手蹑脚地跟在她身后。

2208室是一家小型装潢公司的接待处，陈先生正是公司老板。工作间的面积不大，办公桌和电脑成为了室内的主要摆设，一张设计图纸打开在电脑屏幕上。此时，那把红色雨伞已经收了起来，就摆在电脑旁边。

"喂，他要是突然回来怎么办？"我不放心地看了看门外。

"放心，陈先生每次吃中饭都要很久，况且他刚才出去的时候还问我哪里有修手机，应该是手机坏了准备拿去修，所以不会这么快回来的。"黄小玲表现得很镇定。

　　说完，黄小玲抓起桌上的雨伞，按了一下伞柄下方的按钮。随着"唰"的一声，伞面撑了开来。然而，伞的内侧并没有什么异常，这就是一把再普通不过的长柄伞。

　　"沈大师，这伞没什么特别呀。"黄小玲将雨伞内面对着我。

　　我接过黄小玲手中的伞，想再仔细看看。我将伞收起又撑开，来来回回检查了好几遍，又从上到下把伞摸了个透。伞面用的是普通的红色 PG 布，金属制的伞尖和伞柄也没问题，弯钩形的黑色握把倒是让我想到某本推理小说里的诡计，但显然和我现在遇到的谜团没关系。

　　"好吧，这把伞没什么问题……"我最终还是放弃了在伞上找原因的念头。

　　旋即，我抬头望了一眼白色的天花板，也没有发现漏水迹象。同样，天花板很干净，撑伞的原因也不太可能是怕灰尘落到头上之类的。于是，我换了个思路——如果说，撑伞的目的不是为了遮挡上面的东西掉下来，而是为了防止下面的东西升上去呢？比如烟或某种气体……想到这里，我低头扫了一眼地板，地上铺着普通的瓷砖，并没有奇怪的地方。而刚才检查伞的内面时，也没发现有烟味或者别的什么污迹。

　　我的脑中不断冒出新的假设，却一次又一次地推翻，这个过程相当煎熬。

　　这时，黄小玲坐在椅子上，学着刚才陈先生的样子，左手撑着伞，右手握着鼠标，一动不动。

"你在干什么？"

"别吵！"黄小玲头也不回，"我在进行犯罪模拟，分析犯人的心理。不过这伞还挺重的呢，这样撑半天……陈先生手怎么不酸？"

"犯罪模拟？犯人？"我愣在原地，不知该如何吐槽，"你美剧看多了吧？"

黄小玲没有搭理我，继续坐在那里，像一尊被摆成奇怪姿势的雕像。我望着她的背影，心里有些发毛。

我的视线突然瞥见黄小玲脚边的一个垃圾篓，里面似乎有一团亮晶晶的彩纸。我弯下腰，将揉成一团的彩纸从垃圾篓里拿出来，放在桌上摊平。这张彩纸的面积很大，并且有卷过的痕迹。

"把伞给我。"我倏地夺过黄小玲手中的伞，将伞收起来。

"喂，我还没模拟完呢！"黄小玲瞪视着我。

我没有理会她，而是将那张彩纸慢慢地卷在伞上，将伞包裹起来。最终，彩纸的大小刚好能包住雨伞。看来我的猜测没有错。

"这是一张礼物包装纸，这把伞应该是谁今天送给陈先生的礼物。"我说出自己的结论。

"啊！你这么一说……"黄小玲突然想起了什么，"今天貌似是陈先生的生日。"

"你怎么知道得这么清楚？这里每个人的生日你都记住了？"我的语气带有一丝醋意。

"不是，因为前几天他跟我提过，还问我有什么餐厅适合办生日派对，我只是正好记住了。"

"那么也就是说……"我摸了摸自己的下巴,"这把伞,是某人送给陈先生的生日礼物咯?"

"啊我明白了!"黄小玲兴奋地敲击了一下手掌,"一定是因为收到心仪的人送的礼物,陈先生为了表达自己很喜欢这把伞,所以故意在办公室里撑了起来,目的是想让对方看到。这个举动是对送礼者的回应。好了,谜题解开了!"

"似乎很有道理,但是……"我又迅速从垃圾篓里捡出一张快递单,"如果说,送礼物的人是办公区里的人,那么你的这个推理还说得过去。但是你看……"我将快递单递给黄小玲,"这张快递单原先是贴在包装纸上的。也就是说,伞是别人寄给陈先生的。你看这上面的寄件人信息,寄件人名叫胡艺美,寄件地址在闵行区。我们这有叫胡艺美的租户吗?"

"胡艺美……"黄小玲望着天花板努力回忆着,"没有这个人……"

"所以,先不管这个胡艺美和陈先生是什么关系,朋友也好,恋人也好,目前可以确认的是,这把伞是从闵行区寄过来的,而且送礼者并不是这里的某个人。那么,陈先生也就没有必要撑起伞吧?因为那人根本看不到。"

"可是……如果是寄过来的,我在前台应该知道啊,这里的快递都会先送到前台。"黄小玲疑惑道。

"这个好解释,可能是陈先生在楼道里正好遇到快递员,他事先就知道胡小姐会寄伞给自己。看到快递员手里那个长长的包裹,他马上认了出来,所以在包裹送到前台前,陈先生就自己签收了。"

"好吧，"黄小玲点点头，神情带着些许无奈，"好不容易有个靠谱的推论，现在又被推翻了。我真的好想知道他为什么要撑伞哦，沈大师快解开这个谜！"

"我……我也一头雾水呢。"此时我也只能做个"两手一摊"的动作。

为什么？到底为什么要在室内撑伞？我实在理不清头绪，根本找不到符合逻辑的答案。还记得小时候父母总是对我说，在屋里撑伞会长不高……但那都是骗小孩的谎言，也只有顽皮的孩童会打着伞在屋里跑来跑去。但现如今，我却看到一个心智正常的成年人做着这种奇怪的行为。难道是陈先生有什么心理问题？

想到这里，我决定一会儿去咨询一下这方面的专业人士。

4

我到楼下吃了碗黄鱼面，算对付了午饭。填饱肚子后，我回到写字楼，站在一楼大厅内等待电梯降下。

"哟，受虐狂先生。"我的背后突然响起一个熟悉的声音。

我回过头，出现在眼前的果然是她——心理医生李朝。李朝是"恶作剧之夏"时期搬来2201室的新租户，那里也是她的心理咨询室。

"你好李医生，那个……能不能别在大庭广众之下叫我受虐狂……"我略感尴尬。我明明有自己的名字，为什么不是被叫成"沈大师"就是"受虐狂"啊？

"你其实很喜欢我这样叫你吧？"李朝邪魅一笑。

现在是秋季，天气已经转凉，然而李朝还是穿着短裙，露出两条修长的大腿，脚上依然踩着那双衬出完美腿型的黑色罗马凉鞋，上身也只是披着一件单薄的灰色大衣。如今摘掉了脸上的眼镜，整个人看上去更像是 T 台上的模特。

这时，电梯正好来了，我和李朝走了进去。电梯缓缓上升，窄小的电梯厢里只有我们两人。

心理医生似乎看穿了我的心思，冷峻的目光直视着我，说："你在幻想什么？"她的语气像是在审问。

"没……没有。"我顿时觉得这个人好可怕。难道心理医生真的能洞察一切？为了掩饰尴尬，我赶忙说："对了，我正好有事咨询你。"

"哦？我的咨询费很贵哟。"李朝靠在电梯的角落里，用鞋尖点着地板。

"呃……我就随便问几个问题。"

"那你就随便找个人问好了，何必找我这个心理学专家？"

"好吧……那……给我打个折可以吧？"

"哼，直接去我的咨询室吧。"

电梯抵达二十二层后，我略感紧张地跟着李朝走入 2201 室。这股压抑感是怎么回事？是对方气场太强了吗？

2201 室的布置非常简约。为了保持相对私密的环境，两边的玻璃墙板都挂着淡绿色的布帘，房间里的灯光是暖色调的，有一种居家的温馨感。房间中央摆着一张舒适的躺椅，想必是让患者坐上去诉说心声的。边上的书桌和黑色转椅应该是李朝平时办公的区域。

走进这间咨询室，李朝往转椅上一座，跷起二郎腿。

"你坐那边。"她指了指那张躺椅。

"可我不是病人啊……"然而我扫了一圈房间，似乎也没有别的椅子，只能硬着头皮坐上躺椅。此刻，李朝的腿就在我的眼前晃荡……

"喂，别色眯眯地盯着我，"李朝摆出一张高傲冷漠的脸，"我事先声明，我对你这样的死宅没有丝毫兴趣，你可千万别对我抱有什么奇怪的幻想。"

"啊？我……我并没有。"我的头上冒出冷汗。

"不过……"李朝的嘴角突然扬起一丝弧度，"如果把你当成病例研究对象的话，我倒是有一点点兴趣。毕竟'受虐癖'这种案例……"

"那个那个，我们还是说正事吧……"我赶紧坐直身子，打断了李朝的话，"其实我这次找你，是想请教你……能否从心理学角度去解释一个人的奇怪行为？"

"哦？具体是什么行为呢？"李朝用手托住脸，饶有兴趣地望着我。

"是这样的，有个人坐在办公桌前撑着伞工作，维持了好几个小时。这种是不是有什么心理问题？不然一个正常人为什么要在室内撑伞？"

我原本以为李朝会露出惊奇的表情，谁知她却不以为然地说：

"有很多种解释啊。"

"比如呢?"

"比如某种强迫症行为,"李朝拿起桌上的杯子抿了一口咖啡,"就像一些人出门后总是怀疑自己没有锁门,从而不断进行'强迫回忆'。其实有个很有效的办法,就是锁门后给自己设计一个容易记住的动作,比如立即比画一个手势。之后,只要记住自己做过这个标志性的手势,就能断定门确实锁好了,避免进行强迫性回忆。

"那个撑伞的人可能也一样,撑伞的行为或许就和'锁门后的手势'一样,是某种'行为标签'。那个人或许想通过这种特殊行为来标记某件事,比如重要的工作等,这也解释了他为什么要一边工作一边撑伞。"

"哇噻,你好专业啊李医生!"李朝的理论让我醍醐灌顶。

"我已经尽量用通俗的语言表述了,"李朝搅拌着杯里的咖啡继续说,"当然还有其他的可能,比如说'创伤后应激障碍',你知道这个吗?"

"啊,这个我知道!就是 PTSD 对吧?"

"没错,人类的大脑其实非常脆弱,很容易因外界压力受到伤害。就像几年前,大华地区出现了一个专杀房产中介人员的连环杀手。"

"这事我也知道,当时闹得满城风雨啊。"

"据说,杀人动机是因为凶手的母亲在他很小的时候,被天花板上掉下来的一块水泥板砸死了。而那间质量有问题的房屋是某

146

个无良中介强推给凶手母亲的。于是，这件事给年幼的凶手造成了不小的心理伤害，杀戮的种子就此埋下。其实凶手从那时起，就已经患上了 PTSD。"李朝面无表情地回忆着过去的那件惨案。

"你怎么对那个凶手这么了解？"我感到十分好奇。

"因为我就是那个凶手当年的诊断医师。"李朝竟如此语出惊人。

"啊！真的假的？"我实在没有想到眼前的这个心理医师竟如此深藏不露，"那个凶手现在怎么样了？"

"我给他做了精神鉴定，证明他有精神障碍，已经不是心理问题这么简单了，所以他现在被关押在一个叫镜狱岛的地方接受治疗。"

"我震惊了！"

"好了，言归正传，"李朝又喝了一口咖啡，"就拿刚才的例子来说，那个撑伞的人或许也有过类似的经历。比如曾经在室内被什么东西砸到头，从此便产生心理障碍。那间工作间或许和他当时受伤的环境十分相似。出于自我保护意识，他撑起了伞，以防有东西再次砸到他的头。"

"好像很有道理的样子。"我不由得点点头。

李朝把腿换个姿势，继续说："除此之外还有很多可能。像是恋物癖……可能那个人对伞有某种特别的执着；又或者是妄想症、自虐倾向等，甚至还可能是精神分裂。在心理学领域里，任何看上去怪异的行为，都能找到其根源，没有无法解释的事情。"

"谢谢你李医生，你真的好厉害，"我发自内心地佩服起这位年轻的心理专家，"今天真是受益匪浅。"

"别说客套话。"

"那我先回去工作咯，麻烦你了。"我从躺椅上站起来，正准备离开。

李朝一脚踏在椅子的扶手上，拦住了我的去路。

"咨询费呢？"

"你这架势……哪是要咨询费啊，明明是在要保护费，"我一阵慌张，"多……多少钱？你开个价。"

李朝抽出桌上的一张便条，在上面写了一个惊人的数字递给我。

"啊？这么多啊！"绝望感顿生，"能不能先通融一下？我这个月还要买手办……不，我是说还要交房租。"

正当我期盼李朝对我做点什么的时候，她却收回了腿。

"算了，看你这个样子也没什么钱，先欠着吧，以后可以考虑做我的研究对象来偿还。"李朝漫不经心地说。

"好的……谢谢你。"我终于松了一口气。

这时，李朝突然站起身，将身体凑近我："你刚才是在期待什么吗？"

一股发香扑鼻而来，我仿佛听到了自己的心跳声。

"没……没有啊……干吗要期待？"我有些语无伦次。

"哼，"李朝坐回自己的办公椅，"跟你说过，别对我抱有什么奇怪的幻想。你可以出去了。"

"好……好的。"我逃也似的走出 2201 室。

148

"你在这里啊？我到处找你呢。"这时，黄小玲正双手叉腰地站在门外，一脸不高兴地望着我。

5

"咦？你怎么在这？"我朝黄小玲走过去。

黄小玲从口袋里掏出一罐养乐多，说："本来想给你这个的，有助消化。现在看来你似乎不太需要。"

"我要我要。"我刚伸出手，却被黄小玲一巴掌拍了下去。

"你喜欢那个心理医生啊？"黄小玲瞥了眼我身后的2201室。

"胡说什么……我只是找她咨询陈先生撑伞的事。"

"咨询了那么久？"

"必须的啊，我跟你说啊，关于陈先生室内撑伞的行为，可能是我们想太多了，其实在心理学上有很多种解释，我一个个跟你说明……"

"李朝是挺漂亮的。"

"是啊，主要腿很长……不对，我在说什么呀？我们说正事……"

还没等我说完，黄小玲就气呼呼地走到前台做起自己的事了。之后无论我说什么她都爱理不理。我怀疑她是误会了我和李朝的关系……

事到如今，我对"撑伞事件"已经基本失去了兴致，谜底可能就是李朝说的其中一个，没什么好纠结的。

之后，我在微信上发的消息黄小玲也不予理睬。坐在工作间里，室内空气不流通，我感到胸闷，便决定下楼透透气。在经过前台的时候，我看了一眼黄小玲，她正自顾自地打印着一份份文件，假装没看见我。

走出写字楼，我漫无目的地闲逛起来，风一吹，人也感觉精神多了。这里毕竟是上海的一个重要商圈，即使是工作日也是人来人往，热闹非凡。由于中午只吃了一碗面，我现在有点饿，于是走进写字楼后方的一条小吃巷子。一股浓浓的酱烤鱿鱼味立刻扑面而来，更加激起了我的食欲。

两串鲜嫩的鱿鱼下肚后，我感觉舒服多了。走到巷子尽头，我看见一位卖糖葫芦的大妈，她正用尖厉的嗓子吆喝着。我想起黄小玲平时特别爱吃糖葫芦，于是果断向大妈买了一串，准备一会儿拿上去赔罪。

回到二十二楼，黄小玲还在忙着手里的事。我悄悄地走过去，把糖葫芦伸到她面前。黄小玲被我吓了一跳，下意识地往后一躲。

"你干吗啊？"她看到糖葫芦后惊讶了一下。

"那个……别生气啦，我错了……不对，我没错，我真的只是想解开疑问才去找李朝的。"

"我根本没生气！只是下午的事情真的好多，"黄小玲一把抢过我手里的糖葫芦，毫不客气地咬了一口，"这是特地孝敬我的？"

"是的……没想到糖葫芦还挺奏效的。"

"你说什么？"黄小玲说话时腮帮子鼓鼓的，样子特别可爱。

"没没……你慢慢吃。"

看到她专心吃东西的样子，我也开心了起来。这时，2208 的陈先生突然走了出来，我假装在跟黄小玲谈工作上的事情，同时用余光观察着他。

陈先生身材高瘦，头发稀疏，脸上戴了一副黑框眼镜，上身穿了一件深绿色的工作衣，略显土气。路过前台，黄小玲跟他打了声招呼后，他走出了办公区。我转过头，看见外面有个穿西装的男人正在等他，两人交谈了起来。神奇的是，这个男人和陈先生长得非常像，只是男人的个头比陈先生要高一些。

"喂，那个人是谁啊？"我偷偷指着西装男问。

黄小玲口中的糖葫芦还没有咽下去，于是含糊不清地说："他是楼上律师事务所的。"

"啊？我们楼上还有律师事务所？"我有些诧异。

"对啊，整个二十三楼都是他们的，是非常知名的律师事务所。"

"我怎么不知道？"

"你又不打官司，况且你也只对心理学感兴趣。"黄小玲把头往边上一甩。

我又回头看了两人一眼。恰巧这时候陈先生走了进来，而外面那个西装男正在等电梯。待陈先生走入工作间后，我悄悄问："他们俩长得好像，不会是兄弟吧。"

"有可能哦，那个穿西装的也姓陈，我没记错的话……"黄小玲仰头努力回忆着，"他应该叫陈俊，是事务所的资深律师。"

"啊？你认识他？是不是这栋写字楼里的人你都认识？"

"我只对帅哥感兴趣，上次在电梯里碰到，就打了声招呼咯。"

"打声招呼就知道人家的姓名和职位了？"

"后来又加了个微信。"

"……"

"哦对了，"黄小玲像是突然想起了什么，"今天上午，楼上的律师事务所发生了一件奇怪的事。"

"奇怪的事？"

"对，我有眼线在事务所里，"黄小玲突然兴奋了起来，"是她中午聊天的时候告诉我的。本来我中午找你就是想聊这事，谁知道你去看心理医生了，哼。"

"眼线？难道是事务所的前台妹子？"

"啊呀你别打岔，我跟你说呀，你一定对这件事感兴趣，"旋即，黄小玲把嘴凑到我的耳边小声道，"但你千万别说出去哦，不然事情就闹大了。"

"好，我肯定不说，不然就被糖葫芦噎死，"我拍着胸脯保证道，"到底什么事？"

"今天，事务所的办公室里，发生了一起凭空消失事件。"黄小玲把手里的糖葫芦暂时插进杯子里，开始述说新的谜题。看来，老天爷还嫌今天奇怪的事不够多。

6

"我总结一下你刚才说的。陈俊的上司路小聪今天上午抵达事务所后，发现自己办公室的门打不开，于是找来陈俊，两人一起用力敲门。不久之后门突然能打开了，内侧门闩上有被撞击的痕迹。两人进入办公室，发现重要文件被偷，但路小聪执意不要报警。接着他们发现窗户外挂着一根粗绳，绳子延伸到了我们这一层的走廊窗户。是这样吧？"听完黄小玲的叙述，我按照自己的理解概括了一遍事件。

"是的，就是这样。"黄小玲满意地点点头。

"所以，办公室唯一与外界相通的地方，只有房门和窗户。当两人敲门的时候，门完全打不开，表明当时门从里面反锁着，那时小偷应该还在房间里。随后小偷从里面拉开了门闩，门才被打开。但这时，小偷却从房间里消失了。从现场的状况来看，小偷似乎是从窗口逃跑了。"

黄小玲赶忙说："不，后来我的眼线问过我们这一层的清洁工阿姨，她那个时候一直在走廊里做保洁，根本没看见有人从二十二层的窗户爬进来。"

"那会不会爬到二十一层或者更下层去了？"

"不可能，"黄小玲一口否决，"绳子的长度只能勉强够到二十二层，这里可是高层建筑啊，小偷又不是阿汤哥。而且事务所的人似乎还检查过外墙，没有找到脚印和任何攀爬的痕迹。"

"那如果小偷是往上爬的呢？爬上去之后再回收绳子。"

"这栋写字楼一共只有二十五层，事发地在二十三层。而事发办公室的正上方和两侧都没有别的窗户，要爬只能爬到屋顶去了。但很可惜，当时屋顶也有几名物业人员在检查防雨设备，他们并没看见有其他人侵入楼顶。"

"所以你才说……小偷凭空消失了？"我感到一阵困惑，不断摸着自己的胡楂，"但你刚才的描述中，有一点很奇怪……如果小偷一开始就在房间里，他若是想从窗户逃跑的话，为什么要特意打开门闩放人进来呢？让房门始终保持反锁状态，不是更能争取逃跑时间吗？"

"确实挺奇怪的。"黄小玲也噘起嘴苦苦思考着。旋即，她拿起杯子里的糖葫芦又吃了起来。竹签上还剩最后两个山楂，黄小玲咬住上面的山楂，想把它从竹签上弄出来。然而上下两个山楂之间粘着一块麦芽糖，导致两个山楂就这么连在一起，黄小玲吃得一脸狼狈。

顷刻间，某个神奇的画面赫然从我脑海中浮现出来。

打不开的门，凭空消失的窃贼，长得很像的两兄弟，室内撑伞的怪异举动……我望着那两个连在一起的糖葫芦，目光久久无法移开。一个大胆的推论正在我脑中成形。

"沈大师，你怎么啦？干吗一直看着我的手？"黄小玲停下了吃糖葫芦的动作。

"对了，你说办公室的门打不开，那扇门的材质你知道吗？"

黄小玲抬头想了想，回答："好像是一扇铁门，对，眼线提起过。"

"好，再帮我确认两件事，"我竖起两根手指，"第一，楼上的事务所是不是在不久前刚装修过？第二，能否给我一张二十二层和二十三层的平面图，要标出事发办公室的位置。"

"哦……好、好的，你解开小偷消失之谜了吗，沈大师？"黄小玲歪着头问道。

我自信地点点头："是的。不光是小偷消失之谜，还有陈先生在室内撑伞的原因，我也都知道了。只需要一样东西，就可以解释所有的事。"

7

下班之后，我收拾完东西，背起包，兴冲冲地来到前台。黄小玲这个时候已经换好了便装，正站在门口等我。

"走吧。"

在"恶作剧之夏"事件结束后，我答应黄小玲要请她吃一顿饭。于是，这顿饭今天兑现了。黄小玲在附近挑了一家口碑相当不错的日料店。这顿晚餐可以说是我和黄小玲第一次真正意义上的约会，我的内心有些澎湃。

十分钟后，我们步行来到餐厅。因为餐厅位置较偏，加上是工作日，里面的人不多。店内布置成传统日式风格，服务员也穿上了和服。我们直接选了一个靠窗的双人座。

黄小玲拿起菜单，纠结了许久，最终点了一大堆东西，就差没把菜单上的东西轮着点一遍了。而我只默默要了一碗明太子茶泡饭。

黄小玲双手捧起茶杯，抿了一口大麦茶，说："你可以开始了，沈大师。"

"先让我吃几个寿司吧……我肚子好饿。"说这话的时候，我已经把桌上一碗赠送的小菜吃光了。

"不许吃！"黄小玲霸道地夺过装小菜的碟子，"说完再吃，人家正好奇呢！快说，二十三楼的窃贼是怎么从密室里消失的？"

"好好好，我说我说，"我放下筷子，正襟危坐，"不过这里面有一大半是猜测，并没有实质性的证据，我只能尽量用合理的逻辑把事情说通。"

"知道啦，别卖关子了，快说。"黄小玲催促道。

"那我开始了，你尽量别打断我，"我清了清嗓子，"先来说凭空消失事件。这件事的关键之处，在于当时办公室的门打不开。这就让人顺理成章地认为，门被门闩反锁了，并且小偷当时还在房间内。但如果当时门并没有被反锁呢？门打不开是其他因素造成的呢？这样一想的话，也许当时小偷根本就不在办公室内。那么，所谓'凭空消失'也就变得子虚乌有了。"

"那么门为什么会打不开？"

"别急，我一步步来说明，"我喝了一口大麦茶继续说，"我认为，这起事件的始作俑者就是陈俊。"

"真的假的？"黄小玲朝我瞪大了眼睛。

"我说了别打断我，听我说完，"我不耐烦地摆摆手，"陈俊想偷上司路小聪的文件资料，那份资料里可能有着路小聪的一些把柄，比如做假账的证据之类的。总之，陈俊为了搞他的上司，决定制定一个偷窃文件的计划。

"而前段时间，事务所正好在进行翻修工作。于是，陈俊想到一个绝妙的主意，至于这个主意的具体内容，我一会儿再说。反正，计划的执行日就是今天。上午，陈俊先潜入路小聪的办公室，偷走他所需的文件，弄乱柜子，布置成有窃贼光顾的样子。

156

"当然光是这样，事后他还是会被同事和其他高层领导怀疑，到时候丢了饭碗就得不偿失了。所以，他要确保自己有一个不在场证明。因此，陈俊先在窗户外面绑了一根绳子，伪装成小偷是从窗户逃走的样子。接着，他走出办公室，关上房门，利用某个机关使门无法打开。计划的前半部分就这样告一段落。

"两小时后，路小聪来到事务所，发现自己办公室的门打不开，便叫陈俊和他一起破门。这时候，路小聪先入为主地认为，门打不开是因为当时有人在室内把门反锁了。所以陈俊自然就被排除了嫌疑，因为他当时正和路小聪在一起。紧接着，陈俊关掉了某个让门打不开的机关，门便开了。两人冲进办公室，发现文件被盗。而当路小聪看见窗外的绳子时，便以为刚才一直在房间里的窃贼已经爬到了楼下。这就是陈俊的目的。

"但让陈俊始料未及的是，楼下二十二层的保洁阿姨没有看到任何人从窗户爬进来。至此才形成'窃贼凭空消失'的意外状况。另外补充一点，门闩上的撞痕应该也是陈俊事先弄出来的。为的就是让人以为，门闩先前的确是插着。"

这时服务员端上两盘火炙寿司，黄小玲二话不说，夹起一块芝士金枪鱼就往嘴里送。

将寿司彻底咽下去后，黄小玲才开口说："如果真像你说的那样……路小聪事后没有报警，是因为失窃的文件里有他见不得光的事？"

"没错，"我点点头，"陈俊也正是料到了这一点。我想，他过几天或许会通过匿名的方式，将这份文件发送给事务所的高层，以彻底扳倒路小聪。这个陈俊绝对不简单。"

"可是，陈俊到底是用什么方法让门无法打开的呢？"黄小玲好奇地盯着我。

"磁铁啊。"我一语道破天机。

"磁铁？吸铁石？"

"对的，当然这里用到的不是普通的磁铁，而是强力电磁铁，"我趁黄小玲发愣时，偷偷夹走了一个三文鱼寿司，"趁事务所装修的时候，陈俊将一个小型电磁铁铺在了地板之下，并用螺钉之类的固定住。而电磁铁的开关，可能隐藏在附近的犄角旮旯里。"

"这可能吗？"黄小玲现出不敢相信的表情。

"可能啊，如果我没猜错的话，2208 的陈先生应该是陈俊的兄弟。你别忘了，陈先生可是开装潢公司的啊，只要陈俊拜托他。偷偷在地板下装一个电磁铁，应该不是什么难事，"我一口将寿司吃进嘴里，满足感油然而生，"电磁铁的位置就在办公室房门的正下方。今天上午，陈俊正是打开了电磁铁的开关，巨大的磁力吸住了铁门的底部，致使房门无法移动，当然也就没法打开了。这，才是门打不开的真正原因！

"当两人破门未果后，陈俊一定借机离开了一小会儿。他就是趁这个时候关上了磁铁的开关，磁力消失，门才得以打开。也就是说，门闩自始至终都是打开的状态，房间里自始至终都没有人在。"

"这也可以啊，还用到了电磁铁这么高科技的东西？"黄小玲惊叹的同时还不忘吃掉盘子里的最后一块寿司。

"如此一来，2208室的陈先生在室内撑伞的怪异行为，也就能够迎刃而解了。"我朝黄小玲自信地一笑。

8

服务员终于端上了我的茶泡饭，虽然有些烫，但我还是在三分钟之内解决了它。肚子里暖暖的，很舒坦。

"别吃啦，快点说呀，陈先生为什么要在办公室里撑伞？难道不是心理问题？"黄小玲拽着我的袖口不停地问道。

"陈先生并没有什么心理问题，"我呼出一口热气，断言道，"根据你给我的平面图，虽然二十三层路小聪办公室的窗户下方是二十二层的办公区外走廊，但再往里靠一点，其实2208室就在路小聪办公室的正下方。

"今天是陈先生的生日，一早他就收到了关系亲密的女性朋友寄来的礼物——一把长柄雨伞。陈先生非常高兴，他在工作间里将雨伞撑开，举到高处欣赏了起来。正在这时，伞的顶部突然吸在了天花板上，怎么拔也拔不下来。你知道这是为什么吗？"

黄小玲恍然大悟："啊！电磁铁！"

"没错！"我对黄小玲竖起大拇指，"那个时候，楼上的陈俊正在实施他的计划，安设在地板下方的电磁铁正处于打开的状态。电磁铁和普通磁铁一样，也有两个磁极，磁性也是双向的。磁铁的上方吸住了办公室的铁门，而它的下方——强大的磁力透过2208室的天花板正好吸住了雨伞的顶部——我们也查看过那把雨伞，伞尖的确是金属制的。

159

"电磁铁的磁性极强，想要用蛮力把雨伞拽下来，难度非常大。而这把雨伞又是重要的人送给自己的，陈先生并不想弄坏。同时，陈先生也知道陈俊的计划和电磁铁的秘密。如果就让雨伞这么吸在天花板上，万一有人看到这一幕，那么'天花板上有磁铁'的事情就很容易曝光。如果传了出去，陈俊的计划也将败露，这会影响到自己兄弟的仕途。"

"但是……只要打个电话让陈俊暂时关掉电磁铁，把雨伞拿下来不就好了吗？"黄小玲提出疑问。

"你别忘了，中午的时候，陈先生不是还问你哪里有修手机吗？我想，当时他的手机应该是坏了，一时无法联系到陈俊。而律师事务所或许设有网络监控，因此陈先生也不敢用QQ之类的互联网软件和陈俊联系。当然他更不可能贸然冲到楼上去找陈俊。"我补充说明道。

"对哦，有道理。"黄小玲露出释怀的表情。

"所以，为了隐瞒电磁铁这件事，当时的陈先生只有一个办法——在办公室里做出撑伞的动作。二十二层工作间的天花板比较低，他坐在椅子上，伸长手臂，一直握着下方的伞柄，装作把伞高高举起的样子，同时一边工作。这样的话，即使有人看到这一幕，也只会对陈先生在室内撑伞的行为感到奇怪，最多联想到天花板漏水之类的，但绝对不会发觉楼上装了一块电磁铁。这就是所谓的用'某个不自然的现象'来掩盖'另一个不自然的现象'，是一种转移注意力的举措。

"之前我也一直觉得奇怪，陈先生这样举两个小时的伞，难道手不累吗？其实，他根本不是将伞举着，而是像拉着公交车上的吊环一样，直接把手搭在伞柄上。因为伞的顶部是固定住的，所以这个动作其实很轻松，只是看上去有点古怪而已。

"等到楼上的陈俊实施完计划后关闭了电磁铁，陈先生才终于得救，把雨伞拿了下来。到这里，整件事才终于完结。"我阐述完自己的全部推理，感到无比畅快。

"沈大师你好厉害！"对面的黄小玲投来崇拜的目光，"这样真的解开所有谜团了！你是因为看到上下两个糖葫芦被同一片糖片粘在一起才想到的吗？"

"是的，这也被你发现啦？"我也惊叹起黄小玲的观察力。

"哈哈，那你得感谢我，下次再请我吃饭吧。"黄小玲露出灿烂的笑容。

"糖葫芦可是我买的好吧！"

"可是是我吃的！"

"好吧，不就一顿饭嘛，小意思，"我嘴上虽然不太情愿，但内心正窃喜着，"对了，我刚才也说过，刚才说的这些只是我的推论，没有实质性的证据，你不要到处说哦。我们没有权利去干涉别人的人生，一切就让它顺其自然吧。"

黄小玲点点头："我懂的，那就用美食堵住我的嘴吧！"说完，她吃了一口烤鳗鱼，露出幸福的表情。之后，黄小玲又夹了一块鳗鱼到我的餐盘里。

第一次约会，我也感到很幸福。

吃人电梯

1

天气转冷，我给自己添了一件厚衣服。站在电梯里，我的身影映在电梯墙壁上，模糊又臃肿，像一团失形的幽魂。其实除了晕血之外，我还有点幽闭恐惧症，自幼就不太喜欢电梯这种狭小而密闭的空间。幸好，电梯很快就到达大厦的二十二层，那里是我工作的地方。

一走出电梯，架在电梯口的一条红色横幅立刻映入眼帘，横幅正好遮住了电梯门的顶端，上面用俗气的字体写着"欢迎光临"四个字。

"这是什么情况？"我轻叹了一句，心想难不成是欢迎我？

今天是周六，只有前台小姐黄小玲驻守在空荡荡的办公区内。看到我后，她笑脸相迎。

"沈大师今天也上班啊？"

"紧急情况，刚才服务器崩了，来看看，"我解释道，转而又问她，"你今天不休息？还有外面这横幅是怎么回事啊？"

穿着一身淡蓝色制服的黄小玲向外探了探脑袋："哦，我们老大下周一要来这边视察，所以准备了横幅。"

"你们老大？千鼎集团老总吗？"

"对的，是个老男人，就喜欢搞这一套，"黄小玲做了个鬼脸，"为了他，昨天还特意在地板上打了高级地蜡。这两天我还得准备会议资料。"

"所以你也是来加班的咯？"

"对呀，烦死了！"

我用鞋底磨了磨光洁的地板，原来不是我的错觉，地面确实焕然一新，还透着一股刺鼻的香味。

"要迎接领导，那这横幅应该摆在电梯对面啊，为什么紧挨着电梯门？"

"哦，大家都觉得那个字体做得太难看了，想要换掉，但设计师执意不改，所以还不确定要怎么处理，就暂时丢在那，反正周末也没人。"

我再次瞅了一眼那条横幅，开始担忧起我国的审美水平。

"糟了，我有一份文档存在家里的电脑里……"黄小玲捂着头，"看来一会儿还得回趟家。"

"你可以在手机上下载这个 APP，"我打开我的手机给她看，"然后在你电脑上也装一个，以后通过它可以用手机远程操控你的电脑，比如开机关机、复制文档、打开某个软件，很方便。"

"你不早说！"

跟黄小玲闲聊了几句后，我的"好心情指数"直线上升。

就在我准备回 2222 室工作时，一个人影倏地从安全楼梯窜出，走向办公区的前台。这个走路急匆匆的男子看上去年纪很轻，凌乱的刘海挡在前额，眼睛眯成一条缝，脸颊上还有两块雀斑，身上的西装显得有点宽大，整个人像是缩在衣物里。

他径直走向黄小玲问："请问你是这边的前台吗？"

"你好，请问有什么事？"黄小玲用的是对待宾客时的语气。

"呃……"男子有些支支吾吾，"我就是想问下昨天晚上11点多的时候，你们办公区里还有人吗？"

"11点多？应该没有人，我昨晚最后一个走的，9点的时候办公区里的人应该都已经离开了。"

"是吗……"男子露出沉思的表情。

"怎么啦？到底怎么回事？"

"我……我昨晚大概见鬼了。"

2

当我把包放进工作间，回到前台时，男子脸上的惊恐神情依然没有退去。

"你慢慢说，别急，到底看到什么了？"黄小玲在一旁耐心引导着男子的话。

"是这样，我是楼上咨询公司的员工，昨天我加班到很晚，一直到夜里11点事情都没做完。我想喘口气，于是跑到楼道里抽了根烟，一边抽一边慢慢从楼梯往下走。当我走到这一层的楼梯口时，突然瞄见一个穿黑衣黑裤的人影站在电梯口。电梯门敞开着，他貌似正要走进去。哦对了，那个人还戴着一顶鸭舌帽，因为晚上大厦里没有灯，所以看不清他的脸。

"紧接着那个人就进入了电梯，但他的动作很诡异，不像是走进去的，像是蹲着跳进去的……感觉像被什么东西附体了一样。"男子脸上露出愁容。

"蹲着跳进去？"我想象了一下这个高难度动作，"你当时是站在楼梯口吗？那只能看到电梯侧面吧？"

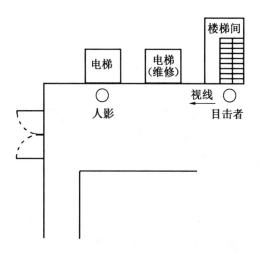

"嗯，当那人进入电梯后，我觉得有点奇怪，就跟过去看了看。我走到了电梯正面，面向电梯，发现电梯门还开着，但是……"

"但是什么？"

"但是电梯里根本没有人，上一秒才进入电梯的人，这会儿突然不见了……"

"会不会是你看错了呀？比如说那个人根本没进入电梯，又或者他进入电梯后站在一个被门挡住的地方？"

男子想了几秒后摇了摇头："不太可能，我亲眼看见他进去的，而且当时电梯门也是完全敞开的状态，没有盲区。"

"那之后呢？"

"下一瞬间，电梯门就关上了，电梯慢慢从二十二楼下降到一楼……我一下子有点蒙，就回楼上去了。今天我越想这个事情越不对劲，所以想再过来确认一下。"

"密室消失吗？"我喃喃自语道。

黄小玲一眼就看出我被这个谜题吸引住了。确实，一个活人在目击者的眼皮底下凭空消失，又是在密闭的电梯内，这件事相当匪夷所思，简直可以当作推理小说的标准题材。

"沈大师，你又有活干了。"她调侃道。

我思索了片刻，向男子提问："那个人高矮胖瘦你还有印象吗？是男是女？"

"身材好像比较矮，应该是个男人，有点瘦。"

"你看到那个人的时候，他只是站着吗？有没有做什么动作？"

"没有，他就像个木头人一样一动也不动。"

"除此之外你还留意到什么吗？周围有没有什么声音？"

男子摇摇头，开始反过来追问我："她叫你沈大师，难道你会做法驱鬼？我是不是真的见鬼了啊？它不会缠上我吧？是不是这里的电梯有问题？把那个人吃了？不会穿越到秦朝了吧？"

我懒得回答这些不切实际的问题，便将男子打发走。随后我走到电梯前，观察了一番男子昨晚目击"鬼魂"的电梯，也正是我刚才乘坐的那部。A座写字楼的电梯有两部，但另一部这几天因为故障正在维修，因此整幢楼目前只有一部电梯在运行。我按了向下的箭头，不一会儿电梯上升至本层，银色的门向两侧打开，一个小男孩突然从电梯内窜出来，直接撞到我的膝盖上。

我一眼就认出，这个小男孩是2205室施小姐的儿子小米。那个施小姐，正是"恶作剧之夏"事件中为了打消儿子对蟑螂的恐惧而费尽心思的女人。今天施小姐来办公区加班，估计又是家里没人照料小米。

我被小米突如其来的"奇袭"吓了一大跳。而小米却若无其事地绕开我，继续在办公区内奔跑叫喊，尽显熊孩子本色。这时，施小姐急匆匆地从工作间走出，冲着小米吼道："小米，给我进来，你这样妈妈怎么安心工作?!"

听到妈妈的斥责，小米不但没有收敛，反倒变本加厉地哭闹，甚至直接往地上一坐，赖在地上不肯起来。

男孩的哭声引来了刚巧在这一层巡逻的保安小哥，于是我、施小姐、保安小哥三人齐上阵，共同哄着小米，在周末的写字楼里形成一派奇妙的景象。

"你先给我起来!"施小姐使劲拽着小米的手臂，"这地板刚刚打过蜡，还没干透，裤子都要沾上了!"

可小米并没有消停的意思，屁股像粘在地板上一样，就是不起来。他激烈地摇晃着脑袋，脸上的鼻涕水还溅到了保安小哥的棕色裤子上。

黄小玲看到我们的狼狈相，终于赶过来救场。只见她手里拿着一根卡通图案的棒棒糖，在小米面前晃了晃。一分钟后，小米

167

乖乖跟妈妈返回了工作间。

"这个施小姐，怎么老是带儿子来公司啊，上次都怪她……"

黄小玲突然恶狠狠地瞪了我一眼："上次的账还没跟你算呢。"

正当我不知如何岔开话题时，施小姐来到前台向我们道歉："不好意思啊，给你们添麻烦了……这孩子最近迷上了电梯，刚才上上下下个不停。"

"没关系，不过小孩子一个人乘电梯很危险啊，你最好看住他。"黄小玲告诫道。

"是是，我尽量，这不工作实在太忙了……"话还没说完，施小姐工作间的电话又响了，她不得不继续陷入工作和带孩子的双重苦恼之中。

看到刚才和我们一起哄孩子的保安小哥还在，我赶忙上前叫住他，并向他报告了昨晚有人在二十二层目击可疑人员的事。但我并没有阐述"电梯消失"的细节。

"这样啊，最近大厦里有窃贼出没，你们要小心自己的财物，"保安小哥提醒道，"昨晚那家伙多半是小偷，一会儿我会调取监控查一下。"

"如果可以的话……能否让我也看下监控录像？"我有些不好意思地挠挠脸。

显然，只要查一下电梯内的监控探头，就能马上知晓人影是否真的消失了。

"不行，监控录像涉及客户隐私，不能随便让你看。"保安小哥一口拒绝。

我感到一阵失望，看来要靠这种"走捷径"的方法来破解谜团是行不通了，眼下还是自己慢慢思考吧。经过刚才的一番闹腾，我都忘了自己过来加班是为了抢修服务器，得先把正事做完。我独自回到空无一人的工作间，暂时将电梯之谜抛诸脑后。

3

把服务器搞定后，已经到了午饭时间，我的肚子发出抗议的"咕咕"声。我伸了个懒腰，来到前台，打算问问黄小玲中午想吃什么。可黄小玲此时却不在前台，我等了十分钟，她仍未出现，微信也没回我消息。我猜测她可能回家拷文件去了，于是自己下楼吃了一碗盖浇饭。

再次回到办公区的时候，黄小玲终于现身了，她正在前台啃着一个三明治。

"你刚才去哪了？"

"有点事情。"黄小玲似乎不怎么想搭理我，她的另一只手正操作着鼠标，看上去很忙的样子。

我没好意思继续打搅她，回到工作间，检查了一遍"易物"APP 的后台服务器，一切正常，那么我今天的任务算是完成了，下午可以专心调查电梯消失的事情。

我先在脑中整理了一遍推理的思路。目击者看见人影进入电梯，随后来到电梯口，人影却不见踪影。这很像某种"大变活人"的舞台魔术。魔术师把人关在一个箱子里，再次打开箱子时，人就消失了。这类魔术的机关往往都在箱子上，不是箱子有夹层，就是箱子里装了一面四十五度角的镜子。

但这起事件中的道具并不是箱子，而是大厦中一部正常运作的电梯。电梯里能够顺利布置夹层或镜子机关吗？想到这里我摇了摇头。如果从源头开始进行逻辑分析的话，排除目击者故意撒谎，那么人影消失无非就分两种情况——第一，人影根本没有进入电梯；第二，人影进入电梯后藏在一个目击者看不见的地方。而我的思路更倾向于前者，因为实际上目击者一开始是站在电梯的侧面，他并没有直接看到人影走进电梯门，这里边可能有某种"诡计"让目击者产生了错觉。

我还是决定再到电梯里看看，也许能找到一些蛛丝马迹。正当我走出办公区玻璃门时，突然听到电梯里传来一阵孩子的哭声。我奔向电梯，前台的黄小玲也听到动静跟了过来。

电梯门敞开着，但奇怪的是，此时电梯的地面要低于楼层的地面。也就是说这部电梯并没有停在正确的位置，致使地面产生了高度差。被困在电梯里的正是小米，由于身形过于矮小，他无法爬上这段高度差。这时，保安小哥一个箭步从我们身后跑来。他先是坐在电梯口，旋即把双腿伸进电梯里，小心地爬进低于正常位置的电梯中。其实当电梯停在这个位置时，贸然进入电梯的举动非常危险。如果这时候电梯突然上升或下降，人可能就会被拦腰斩断……我回忆起《死神来了》中的某个场景，着实为保安小哥捏了一把汗。幸好意外没有发生，保安小哥动作利索地抱起小米，将他抬到电梯外，我和黄小玲则接过孩子，顺利将其解救。最后，我们又把保安小哥给拉了上来。

这场闹剧收场后，施小姐终于无可奈何地提前结束工作，将小米带回了家。

半小时后，大厦的维修人员对电梯进行了检修，最终排除了故障。

我迫不及待地向维修人员询问道："请问这部电梯到底怎么回事？"

维修人员是一名四十多岁的中年人，他一边收拾地上的工具一边说："这部电梯出了故障，只要一启动备用电源，当它停在二十二层的时候，就会低于正常高度。可能是程序设计上出了 bug。"

"备用电源？"

"是的，电梯平时用的都是大厦的普通电源，当大厦出现停电的情况时，为了保证电梯能够正常运作，会自动切换到备用电源。"

"可刚才没有停电啊。"

"这就是奇怪的地方，刚才有人用数控室的电脑，手动将电梯的电源切换到了备用电源。"

"手动？数控室在哪里？"

"在一楼，"这位维修工擦了擦额头的汗，"我在数控室的电脑上发现一个插件，通过这个插件，可以用手机远程操控那台电脑。"

"也就是说……"我心里一怔，"这件事是人为的咯？有人故意远程操控电梯的运作电源？"

"有这个可能……但我不懂为什么要这么做。"

因为下午电梯故障的小插曲，我对前一晚的密室消失之谜有了些许眉目。

但这其中深层次的动机还不明确……直到又一起事件的发生。

下午3点多，2220室的薛经理回到办公区。2220室是国内某珠宝品牌的宣发部，该品牌将参加明天设在五角场的珠宝展。因此，有一批珠宝被临时存放在2220室的保险柜内。就在薛经理打开保险柜的那一刻，一声惊叫响彻整个办公区——那批珠宝失去了踪影。

黄小玲帮忙报警之后，两三名刑警进入办公区，对现场进行勘察。这也是我入职以来第一次见警察来到这里。

"我昨天刚刚放在这里面的，怎么今天就……"薛经理急得满头大汗。这批珠宝里有一颗价值不菲的蓝宝石吊坠，如果找不回来，可不光是丢了工作这么简单，更要面临巨额钱款的赔偿。薛经理的人生在此刻走进一个拐点。

那个失窃的保险柜是铁制的，就这么直接摆在墙角的地上，柜门上有一个黑色圆形的密码锁。

刑警中间走过来一个皮肤黝黑的中年人，是负责这起窃案的唐警官。唐警官安排了两名技侦警员对保险柜进行检查，发现柜门边缘有明显的撬痕。窃贼应该是花了很大的力气将保险柜撬开的。

"这么重要的东西，为什么放在一个安全级别这么低的保险柜里?"唐警官的语气有些责备。

"我……我怕当天堵车，赶不上珠宝展，因为这种情况上次发生过一次，还挨了领导的骂，所以这次我就想提前把珠宝运到这里，毕竟珠宝展就在边上举办。"

"你是什么时候把珠宝放进保险柜的?"

"应该是昨晚8点左右。"

"珠宝展不是明天早上吗? 为什么昨天就把珠宝运过来了? 这么急吗?"

"因为今天总部没人，我就想趁着周五早点解决这事……"

"昨晚把保险柜锁上之后，你就离开了? 这期间还有其他人进入过2220室吗?"

"应该没有，今天我本想再过来清点一下珠宝的，没想到……"薛经理懊恼地摇摇头。

"这批珠宝运过来的事，除了你之外，还有谁知道?"

"总部的人都知道，这边宣发部的三位同事也知道。"

唐警官在记事本上一一记下这些知情者的信息，随后也向我和黄小玲询问了相关情况。

昨晚最晚离开办公区和今天最早到办公区的人都是黄小玲。黄小玲表示，无论昨晚她离开之前，还是今早她来上班之后，坐在前台的她都没有看见什么可疑人士进入过办公区。

之后，唐警官命人检查了办公区玻璃门的电子锁，以及2220室的门锁。2220室的门锁上同样有撬痕，但办公区的电子锁却完好无损。唐警官由此推断窃贼持有办公区的钥匙卡。

自从几个月前的"礼物"事件之后，办公区对电子锁系统进行了升级，钥匙卡绑定了使用者的身份，凡是用钥匙卡开过门，都会在系统内留下记录。而昨晚8点到今天下午4点之间，留下记录的只有黄小玲、施小姐、我、薛经理，以及另外三名来办公区加班的员工。这些人的钥匙卡并无丢失。于是，唐警官似乎顺理成章地把薛经理之外的六人列为重点怀疑对象，对我们进行了更详细的盘问。

但我们这些人的刷卡记录都是在今天早晨之后，难道说是我们之中的谁在光天化日之下直接撬开保险柜窃走珠宝吗？

唐警官当然也不会放过二十二层的所有监控探头，包括电梯内的摄像头。但奇怪的是，这些监控视频全部被删除了。

这时，我决定告诉唐警官昨晚有可疑人员出入大厦的事情。那个在电梯里消失的人就是窃贼的可能性很大。与此同时，我索性将下午电梯故障的事也说了出来。直觉告诉我，在这么短的时间内发生这么一连串的怪事，其中必有关联。

"走进电梯后消失不见？你确定不是在编故事？"唐警官却对我的话感到荒唐至极，转而对身后的警员命令道："小张，去楼上把那个目击者带过来！什么乱七八糟的。"

咨询公司的雀斑男被带到唐警官面前，他又将早上对我和黄小玲说的事情复述了一遍。唐警官全程都皱着眉头，他一定认为我们都疯了。

"如果这个人真是窃贼，为什么没有留下昨晚进入办公区的刷卡记录？"

“刷卡记录会不会被删除了？”我提出这种可能性，“既然窃贼能够删除监控录像，那么同样可以删除刷卡记录吧？只要登录大厦的保安系统就能直接清除这些关键证据。”

唐警官摸了摸下巴，狐疑地看了一眼黄小玲：“窃贼绝对是大厦内部的人，黄小姐，请问有谁能够进入这幢大厦的保安系统？”

黄小玲估计还没意识到自己加重了嫌疑，言之凿凿道：“大厦所有的管理人员都知道保安系统的密码。”

“那么这些管理人员都隶属于千鼎集团对吗？”

“是的。”

“所以你也可以咯？”

“没错，”黄小玲不高兴地噘起嘴，“但我不是窃贼。”

“警官先生，不一定是大厦内部的人，任何一个掌握黑客技术的人都能侵入这里的保安系统，比如我，只要你给我十分钟时间……”

“所以你是窃贼吗？”唐警官马上打断我的话。

“不不……我只是打个比方。”

被唐警官问完话后，我和黄小玲都筋疲力尽。现在，我大概猜到了珠宝失窃案和电梯消失事件之间的联系，也解开了人影进入电梯后消失的谜题。但还有一件至关重要的事我没有想通。我决定再到2220室看看失窃现场。

2220室的面积不大，靠墙摆着几张简单的办公桌和几把椅子，墙角的保险柜显眼得就像是故意在挑衅犯人。我走过去想试着将保险柜抬起来，却根本抬不动，这个保险柜看上去不大，却比想象中的沉重。

我在脑中模拟了一遍窃贼的行动路线。嫌犯在昨晚乘坐电梯来到二十二层，用某张钥匙卡打开办公区玻璃门，潜入办公区，走到 2220 室门外，撬开房门，径直走到保险柜前，撬开柜门（撬保险柜估计花了不少时间），偷走珠宝后溜之大吉。行窃成功后，嫌犯又设法侵入保安系统，清除刷卡记录和监控视频。整个过程非常有计划性。

正当我想蹲下来查看保险柜时，忽然注意到保险柜前面的地板有点奇怪。那里有一块区域明显比周围的地板颜色淡……这是怎么回事呢？

一瞬间，我大脑的思考区被突然激活，我终于找到了一切的连接点。谁又能想到眼前的这块地板，竟是所有事件的最后一块拼图。

那个人，居然为了那种目的，做出这样的事。

5

我把能找来的关系人都聚集到办公区的会客室内，准备当众揭穿某个人的罪行。

"喂，你说你解开了电梯消失之谜？快点讲啊，我一会儿还有事呢。"咨询公司的雀斑男迫不及待地催促。

除了他以外，为了更好地还原事件原貌，我还叫来了保安小哥和薛经理。黄小玲坐在角落的椅子上，跷着二郎腿静待我的发言。坐在长桌前方的唐警官像是主持会议的领导，手中摊开着一本记事本。

"你知道窃贼的身份了？"唐警官直视着我，目光中透露出些许不信任。

"别急，让我从头开始说明，"我从边上的饮水机里倒了一杯水抿了一口，"从昨天夜里到今天下午，一共发生了三件不可思议的事情，也是这一连串事件的三个主要谜团。

"首先，昨晚 11 点，楼上咨询公司的……不好意思请问你贵姓？"我到现在都不知道雀斑男的名字。

"我？我姓马。"雀斑男指着自己说。

"哦，这位马先生昨晚目击一个穿着黑衣黑裤的人影走进二十二层的电梯后又突然神秘消失。这个人影是谁？又是如何在密闭的电梯中消失不见的？这是第一个谜团。

"接着是今天午后，电梯发生故障停在了二十一楼和二十二楼之间。大厦维修人员告诉我，这是人为将电梯的电源切换成备用电源后造成的。那么这个故意制造故障的人是谁？又是出于什么目的？这是第二个谜团。

"最后就是刚才，2220 室的薛经理来到公司后，发现保险柜被撬了，里面的珠宝不翼而飞。那么这起窃案的犯人又是谁？他是如何作案的？这是第三个谜团。"

"我知道，你不用再总结一遍，快进入正题吧。"唐警官捂着头，显得有些不耐烦。

"直觉告诉我，这三起事件必有某种内在联系，"我继续说，"那么我们不妨假设，三起事件的始作俑者——即在电梯中消失的人影，制造电梯故障的犯人以及偷走珠宝的窃贼都是同一个人。

"这样一来，或许就能顺理成章地把所有事情整合在一起。我们先称这个始作俑者为 A 先生。首先，这个 A 先生在昨晚 11 点左右潜入办公区，偷走 2220 室的珠宝。作案后，就在 A 先生准备乘坐电梯逃离之时，正好被咨询公司的马先生目击。由此才出现"人影从电梯消失"的一幕。

"那么，我就先来解开这个电梯消失之谜。一个活人走进电梯后不可能莫名其妙地消失，所以唯一的解释就是，当时 A 先生藏在了电梯的某处。"

雀斑男马先生立即反驳道："我不是说了吗？他没有可以藏身的地方，电梯那么小，难道他爬到天花板上面去了？但在这么短的时间内也做不到啊……"

"恰恰相反，"我微微一笑，"他并没有爬到天花板上面，而是爬到了地板下面。"

"这是怎么回事？难不成地板上有个洞？"

"今天下午，维修人员告诉了我一件事，就是这幢大厦的电梯存在一个 bug，只要电梯使用了备用电源，当电梯停在二十二层时，就会产生落差。电梯的地面高度会略低于楼层高度。我刚才又询问了大厦管理处，得知大厦在每晚 10 点至翌日清晨 6 点之间，总电源是断开的状态，其间大厦所有的用电设备（包括电梯）会自动切换为备用电源。

"也就是说，昨天夜里 11 点左右，当 A 先生准备坐电梯离开二十二层时，电梯当时必定停在与楼层错开的位置。这下你们应

178

该明白这个密室是怎么回事了吧？那时候，A 先生就躲藏在电梯底部的那块落差空间内！

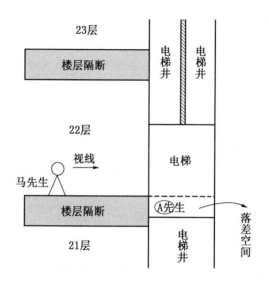

"马先生，你曾说过人影进入电梯的姿势很奇怪，是'蹲着跳进去'的对吧？事实上，那人的确是蹲着跳进去的。因为电梯的地面比楼层的地面低，所以要进入电梯，只能蹲着跳下去或跨下去。

"A 先生跳进电梯后，大概注意到外面有人，刚窃走珠宝的 A 先生不想被人看见，于是立即蹲下身子缩在那个落差空间内，同时按下关门键。此时马先生来到电梯的正面，当时马先生的视线是平视电梯内部的，因此没有发现被楼层隔断挡住的落差空间内躲着一个人。实际上，马先生当时如果将视线稍稍往下移一点，也许会注意到当时的电梯没有地板。但因为电梯门在下一瞬间就关上了，马先生才没有时间去发现真相。"

唐警官摇了摇头："如果真像你说的那样，那当时电梯顶部应该也有一段空间落差呀，马先生应该能看见电梯上方有块空隙吧？空隙里是黑漆漆的电梯井，这不马上穿帮了吗？"

"不会的，因为这几天，电梯门口挡着一条欢迎横幅。"我从会议室指了指办公区外的电梯，"横幅的高度正好遮住了那块因落差而产生的空隙。"

听完我的话，马先生也点点头："对，昨晚确实有横幅挡在电梯口……而且经你这么一说，我才想起来，当时确实没留意电梯的地板，"他似乎松了一口气，"所以并没有人消失对吧？相当于当时电梯里有个'坑'，而那人藏在了坑里。"

"可以这么说。"

"不愧是大师！你好厉害啊大师，我能当你的徒弟吗？"马先生投来敬仰的目光。

"……别叫我大师。"

"那么这个 A 先生到底是谁呢？"唐警官焦急地问。

"那我继续说明。现在已经解开了电梯消失之谜，也成功将珠宝窃案和电梯消失事件联系在一起了。接下来最困扰我的，是 A 先生为什么要在今天下午制造电梯故障？而这个才是今天的重头戏。"

6

"回到刚才说的电梯 bug，如果 A 先生是大厦内部的人，他或许早就知道大厦电梯存在这样一个 bug。若是从这个角度去思考的话，我们不难看出，A 先生故意在下午将电梯切换成备用电源，就是为了重现这个 bug，让电梯停在不到二十二层的位置。"

"他为什么要这么做？"

"关于这点我先按下不表，我们先去看一下行窃现场吧。"我把一行人带领到 2220 室，指着保险柜前面的那块地板说："仔细看，那块地板的颜色是不是比周围淡？"

"的确，但这跟电梯有什么关系？"唐警官露出不解的神情。

"黄小玲，你是不是说过，为了迎接领导的审查，这里办公区的地板特意打了地蜡？"

"没错。"黄小玲点点头。

我走到保险柜前蹲下身子，用手指抹了抹那块地板，说："照理说，办公区的每一寸地板都会打上地蜡，包括所有的办公间。但是，这块地板的地蜡似乎被抹掉了一些。"

"昨天下午的确有工人进来打地蜡，那个时候我没注意到这块地板有问题啊。"薛经理想了想说。

"那么问题来了，地板上的地蜡是什么时候被抹掉的呢？答案显而易见，就是在窃贼撬保险柜的时候，"我说出自己的结论，"试想一下，这个保险柜摆在地上，又十分沉重，如果你们是窃贼，要撬开它的话，会怎么做呢？"

"哦，我明白了，保险柜无法搬动，窃贼只能坐在地上！"薛经理抢答道。

"没错，保险柜的位置很低，而且要花很大的力气、很久的时间去撬，无论是弯下腰还是蹲在地上，对窃贼来说都很吃力，唯一省力的办法，就是坐在地板上慢慢撬，"我补充说明道，"所以，地蜡为什么会被抹掉就能解释得通了——它沾在了窃贼的裤子上。"

"原来是这样，"黄小玲恍然大悟，"当时地蜡还没干透，长时间坐在地板上的话，地蜡就会擦在窃贼的屁股……啊对不起，是裤子上。"

"是的，再进一步推理，谁的裤子上有地蜡，谁就是窃贼。"

当我说完这句话后，在场的每个人都观察着其他人的裤子。

"窃贼也十分清楚这一点，所以才制造了下午的电梯故障。"

"什么意思？"唐警官仍然一脸茫然。

"窃贼知道自己的裤子上有地蜡，如果事后让警方查证到这一点，那自己必定摆脱不了嫌疑。于是，窃贼制造了电梯故障，目的只有一个——那就是让自己的裤子再次沾上地蜡。这样，事后警方就算在嫌犯的裤子上检测到地蜡，他也可以声称是电梯故障时沾上的。"

"我还是听不懂……你越说越糊涂了，电梯故障和沾上地蜡有什么关系？"

"因为电梯故障的时候，电梯里有个叫小米的小男孩。为了把他救出来，窃贼就'自告奋勇'地冲进电梯里。而要进入那个有落差的电梯，窃贼'不得不'先坐在地上，再跨下位于低处的电梯。总而言之，窃贼制造电梯故障，就是为了给自己制造一个'能自然坐在地板上'的正当理由，"我的目光扫到某个人脸上，

"我说得对吗，保安小哥？你就是盗走珠宝的窃贼。"

7

所有人的目光都集中在原本不起眼的保安小哥身上，这个连他姓什么都不知道的人，却是一连串事件的始作俑者，也就是Ａ先生本尊。

"你乱……乱讲什么？"保安小哥下意识地摸了摸自己的裤子，"你冤枉我！"

"我没有冤枉你，"我再次喝了一口水，"身为大厦的保安人员，我想，你一定从2220室的员工那里得到了风声，知道昨天会有一些珠宝运到保险柜里。夜晚11点，你偷偷溜进大厦，乘坐电梯来到这里将珠宝盗走。你当时穿着一条棕色裤子，也正是你现在身上的这条。而因为晚上没有灯光，马先生才会把它误认成黑色裤子。

"你利用职务之便清除了刷卡记录和监控视频，第二天照常上班。你的上衣换成了保安制服，但裤子却没有换，仍然是昨晚作案时穿的这条。今天上午，小米在电梯口大闹，你也在场跟我们一起哄孩子。当时小米坐在地上不肯起来，他的妈妈施小姐告诫儿子说'地板刚刚打过蜡，还没干透，裤子会沾上'。这句话你也听到了吧？

"你突然意识到，自己昨晚坐在地上撬保险柜，那么自己的裤子上会不会也沾到地蜡了呢？虽然你的裤子是棕色的，就算沾到一些黄色地蜡，肉眼也难以识别。但万一2220室的人今天就发现珠宝被盗的话，警察立刻就会过来勘查现场。如若警方发现保险柜前面的地板蜡被抹掉了一部分，由此联想到嫌犯裤子上沾有地蜡，再从你的裤子上检测到相同成分的地蜡，你就百口莫辩了。

"你在'今天居然没有把裤子换掉'的懊悔中绞尽脑汁、苦想补救措施。地蜡这种东西就算用湿毛巾使劲擦也无法轻易擦除，总会留下微量痕迹让警方检验到。就算直接洗，裤子在短时间内也干不了，更何况你身边没有多余的裤子可以更换。职务关系你也没有时间回家或去商场把裤子换掉，如果强行请假反而会显得可疑，也可能被商场的店员记住你换裤子的事。

"那要怎么办呢？这个时候你灵机一动——既然清除不了，索性就让它变得'名正言顺'。每天在这里值班的你，应该早就知道电梯的 bug 了吧？于是，你就制造了下午的那起电梯故障事件。你偷听到施小姐的儿子小米沉迷于电梯的事，知道他喜欢坐电梯上上下下地玩。于是午饭过后，你看准时机，待小米独自进入电梯后，你就远程操控数控室的电脑，将电梯切换成备用电源。

"因为今天是周六，大厦里人不多，坐电梯的也没什么人。当小米再次乘坐电梯返回二十二层时，电梯发生故障，产生落差空间，将小米一个人困在电梯内。而在此时，你早就偷偷守候在电梯附近。听到小米的哭声，你便第一个冲过去，首要目的当然不是为了救人——而是为了在众目睽睽之下能够顺其自然地往地上一坐，好让裤子沾上地蜡。这样，你的目的就达成了。"

旁边的唐警官好像还没从我的长篇大论中回过神来，他挠了挠下巴说："这……搞这么夸张就为了能有个坐在地上的理由？这不太现实吧，如果是我的话，宁愿假装摔一跤，或者假装修理什么低处的东西，这样也能顺理成章地坐在地上啊，何必要利用电梯呢？太麻烦了吧。"

"不，保安小哥必须得利用电梯。"

"为什么？"

"因为除了地蜡之外，沾在裤子上的还有另外一样东西。"

"还有什么？"

"昨晚，保安小哥坐电梯离开时听到了马先生的动静。今天上午，我又把马先生目击可疑人员的事告诉了保安小哥。于是，保安小哥确信自己被看见了，但庆幸的是，对方没有看清自己的脸。但'昨晚 11 点有可疑人员在大厦二十二层出没'的事一定会被警方知晓。警方一定会认为，这名可疑人员就是窃贼。那么作案时间也就能锁定在夜里 11 点左右。

"如果警方再查到电梯 bug 的事，就会知道——夜里 11 点的电梯必定停在稍低于二十二层的位置。那么嫌犯出入电梯时，身上必定会触碰到一个地方——那就是二十二层与二十一层之间的隔断墙，也就是电梯井的井壁。那么，窃贼的裤子或许会沾上电梯井内独有的墙灰。

"我想，保安小哥也是到了今天才意识到这一点，不然昨天回去一定早把裤子换了。所以，他的裤子上一共沾了两样东西，第一样是地蜡，第二样是电梯井的墙灰。尤其是后者，一般情况下，没有人身上会沾到电梯井里的东西——除非那个人乘过因故障而停在二十二楼的电梯。

"所以，为了同时让这两样东西'合理'地出现在自己的裤子上，保安小哥只能当着众人的面再进入一次停在落差位置的电梯。

"这就是整件事的全貌。"

8

保安小哥名叫李冠华，已经在千鼎集团当了五年的保安。他的父母是农村人，最近母亲身体不适来上海就医，不幸被确诊为宫颈癌。巨额的医药费让李冠华不堪重负。在得知2220室的保险柜内有一批珠宝后，李冠华心生歹念，犯下盗窃案。

唐警官将李冠华逮捕后，在他的住所找到了赃物，但唯独缺失了那颗蓝宝石吊坠。无论怎么审问，李冠华都不肯交代蓝宝石的下落。警方推测蓝宝石可能转交给了同伙，或是已经在黑市出售，正在对案件进一步审理。

事后，我和黄小玲讨论此事，她却显得郁郁不振。

"我好累啊，为什么我们这里总是发生奇奇怪怪的事，上次是快递员，这次连保安小哥都成了小偷，真是受够了，"黄小玲深吸了一口气，工作的负担和这种乱七八糟的事确实压得她喘不过气来，"沈大师，要是我哪天离开这里，你会想我吗？"

我心头一震："干吗突然说这种话？你最近压力太大了，回家好好休息吧。"

随后，死一般的沉默扩散到整个办公区，我俩一同离开夜色下的水泥森林，各自踏上归途。

在回家的路上，我接到老板马可的电话。这个人自我入职以来就没怎么露过面，全身上下都被神秘感包围。

"我下周一回来，你把这个月的数据报告准备一下。"

"好的马总。"

简单交代完工作后，他挂断了电话。

我试着在脑中回想马可的样子，却怎么也无法将他的相貌勾勒出来。

蓝色的告别

1

黄小玲失踪了。

她的失踪并非毫无征兆，在她失踪前所表现出来的怪异举止不得不让我怀疑这个世界上存在某种超自然力量。也许正是这股力量操纵了黄小玲……

不，我不能抱有这种非理性的想法，这其中必定有某个我还未找到的逻辑来支撑整件事，就像之前发生在办公区里的所有怪异事件一样。

我必须重新梳理一遍黄小玲失踪的经过，尽快找到答案，否则她可能就……

三周前，我解决了 2220 室的保险柜被盗事件，嫌犯是大厦的保安李冠华。而这起盗窃案恰恰发生在千鼎集团董事长来办公区视察的前夕，迫使整个办公区的氛围异常紧张。又因为窃贼属于千鼎集团内部，直接损害了集团的声誉和信用，不少租户和集团解除租约，搬离了大厦，其中就包括 2220 室的珠宝公司。作为窃案的直接受害者，即使千鼎集团答应赔偿珠宝被窃的所有损失，他们也不愿再留在这里。

黄小玲作为事发现场的前台职员，自然少不了被领导一顿批评。礼拜一，她早早就来到了工作岗位，即使内心焦虑万分，脸上仍需挂着"职业微笑"，迎接每一位客户。

　　此刻的写字楼又转变成一座高速运转的城市机器。在得知我的老板马可今天也会来公司后，我也变得有些忐忑。他是对我的工作不放心，要过来盯着，还是有什么事要跟我说？难道公司快撑不下去了，要解雇我？

　　和黄小玲打了声招呼后，我径自走到了2222室，打开电脑，开始了一天的工作。上午9点，马可拎着公文包过来了。他微微鼓起的脸蛋上有两块红晕，原先的黑框眼镜已经摘掉了，整张脸显得更加圆润。褐色的名牌大衣衬托出他坚实的身板，脚上的登山靴看上去很浮夸。每次我见到他，脑中就自然冒出"大头娃娃"四个字。

　　"马总，来啦？"我站起身，有些拘谨地和他打招呼，"数据报告放你桌上了。"

　　"小沈，这么早啊？"他伸手示意我坐下，随后走到自己的办公桌前，放下公文包，拿出一份类似合同的文件。

　　难道是我的离职协议？

　　"马……马总，你是不是有什么话要跟我说？"

　　"啊？为什么这么问？"

　　"我觉得有点突然，你平时不怎么进公司的，就算进也不会这么早，今天为什么……其实我挺喜欢这份工作的，公司有什么困难你可以告诉我，就算暂时没有工资……"如果面前有镜子，我一定能看见自己此刻涨红着的脸。

马可愣了一下，然后大笑了起来："你太多虑啦小沈，公司运营得很好，我对你的工作也相当满意，工资当然会按时发，而且马上过年了，你就等着拿年终奖吧！"

"那……你不是要炒了我啊？"

"怎么可能？炒了你，我的公司就没人了。"

我一时语塞。

"我今天之所以过来，是因为要见一个人。"

"哦……"

这时候，我听见有好几双皮鞋的脚步声从走廊里传来。我打开 2222 室的玻璃门向外探出头，只见黄小玲正带领着六七位西装革履的人向这边走来，有如阵势浩大的观光团。位于正中间的中年男子显然是这群人的头头，想必就是来办公区视察的千鼎集团老总。

"马总，这里是一家猎头公司，还有这边是做橱窗设计的，"黄小玲向男子介绍道，"他们都和我们签了五年约。"

马总微笑着点点头。旋即，"观光团"来到我们办公间的门口。

黄小玲看到我，表情有点尴尬："这间是……"

还没等黄小玲说完，马可突然移步到人群前面，不紧不慢地说道："爸，这份协议能帮我签一下吗？这是跟云山公司的合作协议，对方说需要你作为担保人签名。"

马总"啧"了一声，冲马可白了一眼："晚点再讲，我现在正

190

忙着。"

"呵，要不是知道你今天来这边视察，我压根找不着你，如果你不肯签就明说，我再另想别的办法。"

包括黄小玲和我在内，在场的所有人都陷入尴尬。而我除了尴尬之外，更多的是震惊。

马可居然是千鼎集团老总的儿子？这是什么情况？

我一直以为马可只是一个普通的创业男，没想到竟然还有这么一重身份。

马总没有理睬马可，他绕过2222室，继续向走廊深处前进。看来这对父子的关系有点紧张，实在是太像狗血剧里的剧情了。

"是不是很像狗血剧里的剧情？"回过头，马可正无奈地看着我。

"不不……"

"谁都会觉得有个这样的爹很幸福，不管做什么都能一路开绿灯，"马可摇了摇头，"但我们这种'大少爷'，一辈子都只能活在父亲的阴影下。周围的人，没几个叫过我真正的名字，都是喊我'马总的儿子'。不管找谁合作，对方都希望我爸来做担保，他们看中的是我爸的资源，并不是我。"

"所以你就自己创业吗？"

"嗯……这里的租金，也都是我自己付的，我想在我爸的眼皮子底下，干出一番自己的事业。"

"加油。"

说实话，我宁愿有个有钱的爹。

2

翌日午休，我和黄小玲在前台聊着天。

"原来我老板是千鼎老总的儿子，太出乎意料了，面试的时候完全没看出来。"

"我也才知道，"黄小玲嘟了嘟嘴，"我们这边啊，真是深藏不露。"随即她将那双大大的眸子望向我："沈大师，你是不是也是什么大人物的儿子？"

我撇撇嘴："我倒是想。"

"对了，之后我要请几天假，"黄小玲突然说道，"这边会有新的前台妹子过来，你们好好相处哦。"

"怎么回事？为什么要请假啊？"我感到一阵不安。

黄小玲揉了揉太阳穴："没什么，最近实在太累了，想休息几天，领导也批准了。"

"是不是因为窃案的事被上面骂了？他们逼你休假？"

"没有，是我自己想请假。"

"不会是变相解雇吧？你还会回来吧？"如果黄小玲因此离开了这里，对我来说将是一个不小的打击。

黄小玲却噗嗤一笑："你别紧张呀，怎么？舍不得我啊？"

"舍不得。"

"放心吧，I will be back！"她调皮地一笑。

"那你要请几天假啊？"我还是不放心地追问道。

"一周左右。"

果不其然，第二天，办公区来了一位新的前台小姐，名叫Via。Via身材高挑，后脑勺绑着一个干练的马尾辫。工作上，她没有黄小玲这么热情，早晨见到上班的租户也只是微微点个头，笑容极为僵硬，可能是还不熟悉这边的环境。

一天、两天、三天……没有黄小玲的日子对我来说简直度日如年，生活就像被"截肢"了一部分，让我整个人都郁郁寡欢。

这样的日子一直持续到第二周，那是个阴雨天的早晨，我和往常一样耷拉着脑袋乘坐电梯来到二十二层。

"沈大师！"

这个声音足以扫去我连日来的倦怠，我振奋地抬起头，坐在前台后方的，正是冲我露出自然微笑的黄小玲。

"黄小玲，你回来啦？"我故作镇定地问道。

"是啊，我说过我会回来的呀。"

我像是见到了久违的阳光般雀跃不已。看来是我多虑了，黄小玲并没有被解雇。

我用目光打量了一遍仿佛一个世纪没见过面的黄小玲，她的面容有些憔悴，工作服里头还添了一件粉色的毛衣，让她的身形看起来有些臃肿。

"你没事吧？看上去精神不太好啊，要不要再休息几天？"我关切地问。

"不用了，已经休息够了，我又不是小孩子。"她冲我咂咂舌。

看到她还是那么可爱，我就放心了。带着久违的好心情，我投入了一天的工作。

今天马可依然没有来公司，据说因为父亲不肯签名，他和云山的合作黄了，他只得另寻他法。

中午，我买了一份香辣鸡翅给黄小玲，她却嫌弃地摇摇头，表示最近不能吃辣。

黄小玲回来后，虽然表面上看起来和平时没什么两样，但我总感觉她有些古怪，比如大多数时候都坐在前台，也不怎么主动找我讲话了。原先那个"八卦"和"充满好奇心"的黄小玲似乎不复存在了。

第二天是个太阳高照的大晴天，我依然早早地来到公司，黄小玲也刚到，还没换上工作服。我注意到她身上穿了一件更厚的毛衣。

"你最近怎么开始穿厚毛衣了？天还没这么冷吧？"

黄小玲微微一笑，双手抱在胸前做了个发抖的动作："可我感觉很冷啊，女孩子身体虚容易发冷，你不懂的。"

"好吧，多喝点热水。"

"喝个屁！"

下午，黄小玲在微信上叫我，要我帮她把餐饮区柜子上的电水壶拿下来。虽然黄小玲平时喜欢差遣我，但这种小事一般不会特意麻烦我。

"拿个电水壶也叫我啊？"我很是纳闷。

"不行吗？"她露出生气的表情，旋即轻轻转了转自己的胳膊，"最近不知道怎么回事，肩膀很酸，手抬不起来。"

"不要紧吧？"我开始有些担心，"你最近很不对劲，又是发冷，又是肩膀酸，要不要去医院看看？"

黄小玲却不以为然地说："没事，身体虚而已，我去工作了，谢谢沈大师帮忙。"

我望着她离开餐饮区的背影，心里埋下一个疙瘩。我想起一部叫《鬼影》的泰国恐怖片。

3

我并非一个迷信之人，但最近黄小玲的反常之举突然让我对世界产生一丝怀疑。

黄小玲是不是被什么"不好的东西"附体了呢？

这个"猜测"仅仅只存在于一瞬间，随后理性立马把我拉回现实……我用力摇摇头，将自己的胡思乱想彻底打消。也怪我最近恐怖片看太多了，有点收不住脑洞。

应该只是身体虚弱，毕竟先前承受了这么大压力，换作是我也扛不住，可能再休息一阵就会没事了。

我这样想着，试图使自己安下心来……但接下来发生的事却犹如虚空中的黑暗，将我的理性吞噬殆尽。

黄小玲的怪异行为升级了。

礼拜六，黄小玲被领导安排了一项任务。领导要求她前往虹口德必易园内的一家审计公司，派送一个装满资料的 U 盘。这种事情其实叫个"闪送"就能够解决，但千鼎的领导认为 U 盘里的资料至关重要，不放心让外人派送，只得"麻烦"敬业的前台职员黄小玲。

这一天，我正好在家闲着没事，得知黄小玲要去送东西后，便决定和她一起。这也算是一种变相约会吧？

从公交车下来后，离审计公司还需步行一段距离。不巧的是，今天气温骤降，寒风把我俩吹得直哆嗦，根本毫无约会的气氛。

黄小玲把自己的头埋在毛衣领子内，脸上的皮肤都冻得发红了。

"天哪，早知道应该再套一件毛衣的，我冷死了。"她不停地搓着手，同时加快了脚下的步伐。

"要不 U 盘我帮你送吧，你早点回家。"我提议道。

"不行，万一出什么差错，挨批评的又是我。"

"那我们走快点，干脆跑过去吧！"

"不不，不行，不能跑，我跟不上……啊呀其实你不用特地陪我来的。"

"我没有特地陪你，我们家准备在这附近买新房，所以我想来看看环境。"

"你最近撒谎的水平越来越差了。"黄小玲嗤之以鼻。

十分钟后，我们好不容易走到审计公司的门口，却只见大门紧闭，一根粗壮的锁链缠绕在两边的门把上。

黄小玲致电对方，却被告知负责人要半小时后才能抵达。无奈之下，我和黄小玲只能在冰冷的室外站足半小时。按理说这时我应该脱下自己的外套，披在黄小玲身上，充当暖男的角色。但此刻我的着装比黄小玲更单薄，要是连外套也没有，我恐怕会当场变成冰雕……于是我只能像个傻子一样原地绕圈跑步，以维持身体的热量。

"要不附近找个咖啡店坐坐吧？"我有点等不及了，体感室外气温已经接近冰点。

"这附近没有店啊，算了再等等吧。"黄小玲嘴里呼出的气息液化成了水雾。

五分钟后，一个穿着土气连裤袜的老女人终于从马路对面赶来，她正是审计公司的负责人。

把U盘交给她后，黄小玲的任务就算完成了。而后对方也没邀请我们进公司坐坐，给我们泡杯热茶暖暖身子什么的。似乎跟千鼎的领导一样，她也只把黄小玲当成快递员。

我们只得继续在室外忍受着严寒。我想打车送黄小玲回家，但因为天气原因，路边根本拦不到车，叫车软件也无人接单，我们便沿着西宝兴路一路走到公交站。

可能实在太冷了，一路上，黄小玲变得异常沉默，她好像一直低着头，在查看地上的什么东西。

就在离公交站还有一百米的时候，状况发生了。

黄小玲突然捂着胸口，五官扭曲，露出极为痛苦的表情。她张大嘴巴，开始大力喘气，气息变得异常急促。在连咳了两声后，黄小玲像疯了一样朝车站的反方向跑去。

"喂！你怎么啦！"我吓得不知所措，急忙跟在她身后追过去。

黄小玲跑进路边的一扇铁门。曾经来过此地的我很清楚，这

197

里是西宝兴路火葬场的后门。

黄小玲为什么要跑进火葬场？

我连思考的余地都没有，黄小玲就已经冲过两批人群，还险些撞倒别人捧着的一幅遗像。

她来到殡仪馆2号楼的某个出口，那里的地上摆着一个正燃烧着的火盆。在我们这里，葬礼结束后都要跨火盆，据说了为了避免亡魂跟回家。此刻，刚刚办完丧事的一行队伍正一个接一个地从火盆上跨过去，几个不懂事的小孩子似乎将它当成了玩闹的工具，来回在火盆上跳个不停。

就在此时，黄小玲像中了邪似的跨步到火盆边，弯下身子。眼看火焰就要碰及她的脸，周围的人都吓了一跳。

"第个萨宁啊？哪能个能样子额啦？脑子瓦特啦？①"队伍中的一个大妈用上海话破口大骂。

我赶忙一个箭步飞奔过去，扶住黄小玲的身体，将她拽离火盆。但黄小玲却试图挣扎开来，身体继续往火堆上倾。

"你到底怎么啦？"说实话我长这么大从来没遇到过这种状况。黄小玲的身体似乎已经不受她本人控制。而且，当我无意中碰到她身上的时候，仿佛有一种冰冷且僵硬的触感。

周围的人渐渐向我们围拢。在火盆旁闹腾了一番后，黄小玲的呼吸才渐渐恢复平和，最终瘫倒在地。

"我还是送你去医院吧！"我拿起手机，迅速拨打了120。

---

① 这谁啊？怎么这个样子的啦？脑子坏掉啦？

可当我打完电话一转身，黄小玲已经不见了。明明刚才还在我身边的她，就这么消失了踪影。之后，我找遍了火葬场的每一个角落，甚至一路返回审计公司，都没有发现她的行踪。

黄小玲就这样离奇失踪了。

4

之后的几天，黄小玲音讯全无。虽然我在她失踪当天就报了警，但警察进行了调查却一无所获。警方联系了黄小玲的家人，证实她并没有回过家。

这一切都太过诡异。

自从黄小玲请假回来后，她的状态就开始脱离正轨。如果说，身体发冷和肩膀抬不起是生病造成的，那么突然冲进火葬场，不顾危险地往火盆上靠……这显然不是正常心智的人会做出的行为。

难道，黄小玲真的碰到了什么"脏东西"？是她身体里的另一种"意识"控制她做出这些反常举动？假设，黄小玲在请假的这几天内遭遇了某些事，有一些"脏东西"占据了她的身体。而按照民间的迷信说法，火葬场周围的阴气很重，很容易使这些"脏东西"的能量增强。那一天，"脏东西"掌控了黄小玲身体的主动权，令她呼吸困难，随后操控她闯入火葬场，靠近火焰，最终目的无疑是想把黄小玲害死。

不对……我究竟是怎么了？我明明是一个信科学的技术宅，为什么脑子里总是冒出这些怪诞的东西。

排除一切迷信的解释，如果说，黄小玲不是主动失踪的，那会不会是被人拐走的呢？我决定先依照这个思路往下思考。然而，黄小玲失踪后，并没有人来勒索钱财，或向其家人提出任何要求，那么很明显，这不是一宗普通意义上的绑架案。如若绑架者的目标是黄小玲本人……那她现在的处境一定非常危险。

为了揪出绑匪，我开始回想黄小玲身边的关系网。

首当其冲的怀疑对象，无疑是在"礼物"事件中，接连送礼物对黄小玲进行骚扰的那个快递员。所有人选当中，只有他对黄小玲最图谋不轨。于是，我立即找到那家快递公司的联系电话拨过去，询问那个快递员的近况。可对方却表示，此人早在几个月前就辞职回老家了，根本不在上海。

我失落地摇摇头，但还不能放弃。我深吸一口气，努力使自己冷静下来，接着从笔记本上撕下一张纸，在上面列了一个名单，这些人都有绑架黄小玲的嫌疑，我决定逐个击破。

会绑架黄小玲的，不止是对她抱有邪念的人，还有憎恨她的人。这个世界上最恨黄小玲的，恐怕只有一个人。那就是"赤色模特"事件中，那位用塑料模特来陷害黄小玲的夏小姐。夏小姐所在的2221室如今依然是原来的橱窗设计公司，只不过她在很久之前辞职了，听说是被别的公司挖走的。

第二天去上班的时候，趁新前台Via还没来，我偷偷打开了桌上的电脑，找到一个存有客户通讯录的旧文档，里面有夏小姐的手机号。但拨过去之后，提示音却说此号码是空号。

既然联系不到夏小姐，我就只能去找那位和夏小姐有婚外恋关系的林先生了。林先生原先是2213猎头公司的项目经理。在"赤色模特"事件中，为了清除电脑里的不雅照片，他成了夏小姐的共犯。但林先生也已经辞职了，幸好他的电话还能打通。

对方起先对我的态度十分排斥，好像我对他做了什么不可原谅的事情。当我告诉他黄小玲失踪的事情后，对方才冷静下来。出乎我意料的是，他约我下班后在附近见面，好像有什么话要对我说。

这一天，我完全没有工作的心情，在和林先生约见之前，我还想再调查一下另一个怀疑对象。那就是在"白色愚人节"事件中，那位因刁难装修工而和黄小玲起争执的刁婷小姐。刁婷是2215室婚礼策划公司的行政助理，性格强势，在被我揭穿她买的写真集是假的之后，一定对我和黄小玲有所怨恨。

目前，刁婷和她的公司还在这里。趁着午休，我直接敲响了2215室的门。说明来意后，刁婷也没给我好脸色，看来是还记着仇。

"她失踪关我什么事？"

"我只想问下你……最近跟她有没有什么接触，或者她有没有跟你提起过什么事情？"如果我去参加盘问技巧的考试，分数一定在及格线以下。

刁婷转了转眼珠，一脸嫌弃地说："我跟她又不熟，平时根本没有交流，干吗？你怀疑是我绑架了她？"

"那我想问下你上周的大致行程可以吗？"

"不可以，你是警察？"

"不是……我……"我有点焦头烂额，"上次的事我很抱歉，但事到如今我也不知道该怎么办了，如果你知道什么，麻烦请告诉我行吗？"

"哟，之前不是挺横的吗？"刁婷轻蔑地一笑，"我倒是真的知道点事情，但要不要告诉你，就看你的态度了。"

"请你务必告诉我！"我低下头。

"那……你学狗叫给我听。"

"啊？"我想起她当时勒令装修工跪在地上舔牛奶的场景，看来这个女人果真是个变态。

"汪汪汪。"幸好我也是个变态。

"哈哈哈哈，真乖，"刁婷满意地点点头，"行吧，那我就告诉你。貌似是两三个月前吧，我看到黄小玲和楼上的陈先生在楼道里争执。"

"什么？陈先生？哪个陈先生？"我一时没反应过来。

"就是楼上律师事务所的陈俊律师啊。"

"是他？他和黄小玲在争执什么？"

"具体我也没听清楚，好像在谈什么刑法问题。"

"刑法？"

"对啊。"

"就这些？你还注意到什么？"

"没有了，"刁婷开始不耐烦了，"还有，请你不要怀疑我，我不会为了这种小事记仇，上周我在国外旅游，昨天刚回来。"

"好……好的。"

和刁婷谈完后，我更是一头雾水。如果刁婷所说的属实，她就不可能绑架黄小玲。但从刁婷的话语中，竟又牵扯出另一个人——陈俊。他就是在"室内撑伞的男人"事件里，偷走上司文件，并利用电磁铁把现场布置成密室的人。

　　事情似乎越来越复杂了。

5

　　晚上6点，五角场的星巴克内散发出浓浓的咖啡香。林先生坐在角落的沙发座上，面前放着一杯冒热气的拿铁。整齐的发型、英俊的脸庞、考究的穿着，无一不表现出他青年才俊的优良形象。周围的人一定以为他此刻正在等一位美貌的女士，不料他的约见对象竟是我这样一个不修边幅的宅男。

　　我向林先生打了声招呼后，坐到他的对面。

　　"沈大师是吧？您在二十二楼可是很有名啊。"对方的语气像是在挖苦。

　　"哪里哪里……"我尴尬地挠挠头，"今天找你是因为……"

　　"在谈黄小玲之前，我想先问你一件事。"

　　"你问。"

　　"我和小夏的那些照片……"林先生顿了顿，"你有没有泄露出去过？"

　　他指的应该是夏小姐误传给黄小玲、后又被我不小心拷贝到自己硬盘里的那些不雅照片，当时为了逼夏小姐认罪，我还用这些照片威胁过她。但这之后，我已经将硬盘里的照片全部删除了，绝对没有泄露给任何人。

"我没有。"我坚定地回答。

"嗯，"林先生点点头，"相信你也不会做这种无聊的事。"

"到底怎么回事？"

"黄小玲失踪的事我不清楚，但我想告诉你，她并非你想象的那样。"

"什么意思？"

"那个时候，黄小玲向我示过好。"林先生淡然地说。

"真……真的？"我感到头皮一阵发麻。

"还记得苹果的事吗？小夏放在餐饮区的苹果，原本是给我的，我每次也确实会吃掉。但有好几次，黄小玲会来向我讨要那些苹果，我也不好意思不给她。"

"这……"

"黄小玲希望我和小夏分手，跟她在一起。"

"不可能！"

"我当然没有同意，我爱的人是小夏，不是黄小玲。但黄小玲不肯罢休，小夏告诉我，黄小玲时常会故意把我给她的苹果秀给小夏看。她这么做，是想向小夏挑衅，让小夏知难而退。就因为这样，小夏才对黄小玲恨之入骨，制造了塑料模特的事件，打算把黄小玲赶走。"

"可……"我越来越不相信自己听到的话。

"但那次，小夏不小心把我和她的照片传给了黄小玲，之后你发现了那些照片。我本来以为模特事件平息后，照片就不会公之于众。但不久之后，我的妻子，以及小夏的丈夫，都收到了那些照片，现在搞得我和妻子分居了。"林先生露出苦恼的表情，拿铁喝到他嘴里，似乎也只剩苦涩的味道。

"可那些照片我都删除了呀！"

林先生眉头一颤："如果不是你，那有机会得到那些照片的，只有一个人了。"

我仿佛听到了自己心脏的碎裂声。

"就是黄小玲，"林先生说出我最不愿意听到的名字，"在你把文件拷贝进移动硬盘前，黄小玲其实早就先一步发现那些照片了，她偷偷把照片存了下来。黄小玲不但想让我跟小夏分手，还想迫使我和妻子离婚，所以就把照片发给了我妻子，以及发给小夏的老公。

"如黄小玲所愿，我和小夏的事情败露了，我们没办法再在一起，妻子又跟我闹个不停，我只能从家里搬出去。后来，黄小玲更主动地接近我，她大概是觉得自己有机会了。但某天夜里，我跟她约谈了一次，就在这家星巴克，那天我很生气，严词拒绝了她，她才肯放弃。

"因为这件事，小夏的精神压力很大，她老公是个畜生，经常家暴她，她又无法单方面离婚。和我断了后，她更一蹶不振，马上辞职离开了原来的公司。几个月前，她被她老公打到骨折住院，到现在还躺在医院里。闹到这分上，那个畜生才被正式判刑，婚也离了。而我也在和妻子办离婚手续，我想让小夏回到我身边。"

"这……"我心里很清楚，骨折住院的夏小姐，是不可能绑架

205

黄小玲的。

林先生抿了口有些凉掉的咖啡："不好意思，你对我的故事没兴趣吧？我们继续说黄小玲……虽然我不怎么想提起她。那之后我当然也辞职了，我以为之后再也不会跟黄小玲有什么瓜葛。没想到在今年五月份的时候，我在电子邮箱里收到她发过来的一张照片，是她和一个男人在公园的合影，两人中间还站着一个小男孩。哦，那个男人貌似是2201的邹先生。

"邮件里还写了一段文字，大概意思是说，她现在有新欢了，那个男人比我有钱又有前途，等等。我觉得很莫名其妙，当场就把邮件删了。这之后，我就没和她有任何联系了。"

6

比起枝繁叶茂的五月，冬日里的老洋房尽显万物凋零的沧桑。

我敲开了邹先生家的大门。开门迎接我的还是那个长得像阿部宽的男人，只是此刻他身穿便装，胸前套了一个卡通围兜，手中握着铲子，活脱脱变成了一个居家男。

"你来得正好沈先生，我正在给小杰做晚餐，一起吃饭吧！"邹先生挥舞着铲子，看起来很有架势。

邹先生的热情招待让我有些不好意思，不过这个点我确实还没吃晚饭，不止是晚饭，昨天和林先生谈完后，我几乎一整天没吃东西，只感觉眼前的世界在逐渐崩塌。

捂着空荡荡的肚子，我不客气地坐在了餐桌前。桌上已经摆了三个菜，看样子都是邹先生的儿子小杰最爱吃的。

在"彼岸的心"事件中，我解开了小杰一系列反常举动的谜团，将小杰的暖心传达给了单亲父亲邹先生。现在，小杰的身体已经好多了，能够去上学了。而邹先生也在事业和家庭之间找到了平衡点，一下班就回家做饭给小杰吃。

邹先生将最后一道糖醋排骨端上桌，我和小杰同时拿起筷子，夹起一块肉送到嘴里。

"爸爸，你做的菜越来越好吃了！"小杰用可爱的声音夸赞道。

邹先生摸了摸小杰的头，开心地说："那你每天都吃爸爸做的菜，好不好？"

"好！"

看到父子俩的小幸福，我近日惆怅的心情才终于得到些许慰藉。吃完饭后，邹先生让小杰先回房做作业，随后泡了壶茶，跟我谈起正事。

"沈先生，上次的事我还没好好谢谢你，"他端起茶壶，往我杯子里倒入绿茶，"不过，小玲怎么会失踪呢？警察那边怎么说？"

"警察那边还没有结果，"我摇摇头，决定开门见山，"邹先生，其实我今天来，是想问问你和黄小玲的事……"

"嗯，这事我也没必要隐瞒，小玲那个时候确实对我说过，想和我一起照顾小杰，"没想到邹先生说话这么爽气，"我也能听懂她话里的意思，但我没有马上回应，只说给我点时间考虑。

"小玲还很年轻，而我是个孩子的父亲，如果我们真的在一起，对她是一种拖累。五月的时候，小玲送了我按摩器，说是母亲节买给我妈的。她还问我，什么时候能带她见见我父母。那次你们来我家，解开了小杰在遮雨棚上种康乃馨的秘密。之后，小玲就经常下了班到我这边来，说是要做菜给小杰吃，小杰也确实很喜欢小玲的手艺，我也就没拒绝。"

我回想起黄小玲当时在网上选购按摩器的情景，她还说那是买给妈妈的母亲节礼物。这样看来，那个按摩器并不是送给她自己妈妈的，而是送给邹先生的母亲。

"但长此以往，她的过分主动让我有点招架不住……在情感上，我最多也只把她当自己的小妹妹，"邹先生苦笑了一声，"最后是我向她提出，以后还是过各自的生活，她就再也没来找过我了。"

和昨天的情况一样，我连续中了两次晴天霹雳。我努力控制住自己的情绪，压低声音问道："那你们有没有拍过合照？"

邹先生想了想回答："哦，拍过，有个周末，我和她一起带小杰去公园玩，她提出三个人拍张合影。"

"邹先生，我还想问下，你知不知道黄小玲家的地址，我想去拜访一下她的父母，警察不肯告诉我。"

"好像有，我给她寄过东西，你等等，我找给你。"

7

"你是哪位？"陈俊从楼梯上走下来，眯起小眼睛打量着我，"干吗偷偷摸摸约我在楼道里见面？"

"午休时间很短，我们长话短说吧，"我清了清嗓子，"你和二十二楼的前台小姐黄小玲有什么瓜葛？"

208

对方立即一愣。

"谁是黄小玲啊？我不认识，我说你到底什么事呀？我们律师很忙的……"陈俊指了指自己的白金手表。

"电磁铁的事我都知道。"我决定亮出底牌。

"你……"这招果然奏效了，对方脸色发青，下巴微微颤动着，"你到底是什么人？"

"我是解开你诡计的人，偷文件，布置密室，窃取上司的把柄，我什么都知道，你快老老实实告诉我你和黄小玲那天在楼道里争执什么，我就当什么都没发生过。"这是我生平第一次如此强势。

"我……难不成你也想勒索我？"

"什么意思？有人勒索你？"

"对啊，就是那个黄小玲啊！"陈俊面红耳赤地说，"那天她跑来找我，跟你一样约我在楼道里见面。她说她知道了我的秘密，如果不想对外声张，就给她打一笔钱，数目让我自己看着办。"

"什么？"我简直不敢相信自己的耳朵，"黄小玲向你勒索？"

"对啊……我压根不知道她是怎么发现我的秘密的，但偷文件和用电磁铁布置密室的事都被她说中了。"

是我告诉她的……那天在一间日料餐厅里，我对黄小玲说出了有关"室内撑伞的男人"的推理。如果陈俊没有撒谎，那黄小玲就是把我的推理，当作勒索陈俊的把柄。

"然后呢？你给她钱了吗？"

"怎么可能，我可是个律师，我当场就给她上了一课，告诉她刑法中对敲诈勒索罪的定义和量刑，并警告她，如果她敢把我的秘密说出去，我就报警告她勒索。"陈俊摆出一副"敢跟我斗"的神情。

"那她什么反应？"

"年纪轻轻学什么不好，学人家勒索，一定是电影看多了。被我一吓，她当然是蒙了，后来就没找过我，"陈俊不放心地望着我，"所以你也别来勒索我！"

"我并不想勒索你，只想知道事情的真相，现在黄小玲失踪了，这件事跟你有没有关系？"我质问道。

"你别瞎扣帽子啊，我什么都不知道，"陈俊瞪大眼珠，"不过这种女人啊，一看就很拜金，估计在外面有不少金钱纠纷，被高利贷抓走了也说不定。"

"别胡说！黄小玲不是那种人！"连我自己都感觉，说出这句话的时候有气无力。

8

我所认识的黄小玲，为什么会变成这样？难道说，她有双重人格？在我面前是心地善良、温柔热情的人格；在这些人面前，却是另一张嘴脸，挑拨离间、破坏婚姻、拜金、敲诈勒索……这简直比她被"脏东西"附体更令我难以接受。

我像行尸走肉般踏步在办公区的走廊上，脑子里一团乱麻。我觉得自己疯了，要不就是这个世界疯了。

"认清现实了吗？"背后突然传来一个声音。

我转过头，发现是李朝，2201室的那个心理医生。此刻她穿着一件黑色的大衣，底下蹬着一双有点脏的马丁靴，仍然是御姐范儿十足。

　　"李医生……"我愣了一下，"什么叫认清现实？"

　　"来我房间。"冷冷地丢下这句话后，她径直走进2201室。

　　我跟了进去，这里是李朝的私人心理诊所，还是那些眼熟的淡绿色窗帘和那张摆在正中央的躺椅。

　　"坐吧。"

　　我乖乖地往躺椅上一坐，不免有些担忧："李医生……不会又要收我心理咨询费吧。"

　　"这次不是咨询，不收你钱，"李朝邪魅地一笑，"我只是出于好奇，在看清喜欢的人的真面目后，你会是什么反应，就当是我的研究课题之一吧。"

　　"我不懂你的意思……你是说黄小玲吗？什么真面目不真面目的？"

　　"不要自欺欺人了，"李朝叹了口气，"我来告诉你黄小玲是个什么样的人吧。"

　　"……"

　　"因为童年遭受父亲的家庭暴力，产生严重的心理创伤，在潜意识中否定自己父母的存在，妄想自己是悲剧电影里的主人公，幻想长大后会在残酷的现实中遇到命中注定的白马王子，或者找到富有的亲生父母，变成幸福的有钱人，"李朝突然将窗帘拉开，让阳光照在我的脸上，"这就是黄小玲给自己安排的剧本，她对金钱有着无比的渴望。"

我彻底傻了眼:"家庭暴力?你怎么会知道那么多?等等,黄小玲不是孤儿吗?她说自己是在孤儿院里长大的,直到六岁那年才被养父母收养,她还让我帮她解开身世之谜呢!"

"我不是说了?她有轻微的妄想性障碍,也就是俗称的妄想症,"李朝说道,"因为童年不愉快的经历,她的大脑自动篡改了这些记忆,否定了自己的亲生父母。"

"这……"我再一次震惊不已,"你怎么这么了解……"

"我当然调查过她咯。"

"为什么要调查她?"

"因为她勾搭过我丈夫,"李朝的情绪有一丝小波动,"也许用'勾搭'这个词不太恰当,但我想不出别的词了。"

"到底怎么回事!"我激动地从椅子上站起来。

"还记得那位来找我的清瘦老先生吗?他就是我的丈夫。"

"啊!是他?"我想起在"恶作剧之夏"事件中,有位看上去像大企业领导的老先生来找过李朝。就是那位肾脏不好的老先生让我做出了错误的推理,误得出"黄小玲是他女儿"的结论,闹出很大的乌龙。没想到那位老先生竟然是李朝的丈夫。"他是你丈夫?可你们年纪也差得……"

"有问题吗?"李朝瞪了我一眼,"我丈夫是电商企业的董事长,有段时间因为压力过大,一直来我这边做心理咨询,我们就这样认识并相爱了。真正爱一个人的时候,年龄是最没有障碍的因素。"

"那黄小玲……"

"我丈夫肾脏确实不太好，但也没有到要换肾的地步。你那次的推理，实际上给了黄小玲进一步的心理刺激。"

"什么意思？心理刺激？"我越来越一头雾水。

"嗯，黄小玲原本就认为自己现在的父母仅仅是养父母，在她的妄想里，真正的父母是非常有钱的人。而你的推理，正好迎合了她的妄想，她全都信以为真了。那个时候，她真觉得我丈夫是她父亲——一个有钱的父亲，自己的命运就要改变了，"李朝解释道，"但是，当得知真相仅仅是一出闹剧时，她难以面对，于是做出了更升级的行为。在心理学上，这是一种自我防卫机制。"

"什么更升级的行为？"我回忆起黄小玲当时的情绪确实有点崩溃。

"她来找我丈夫，提出想跟他结婚，"李朝一语道破天机，"既然成不了父女，那当夫妻也行，总之无论如何都要成为这个有钱老先生的家人——这就是黄小玲潜意识里给自己的心理暗示。

"当然，我丈夫根本没有理她。而后，黄小玲的行为再次升级——'我为什么成不了有钱人，我必须变得有钱，无论用什么方式都行'——抱着这样的执念，她越来越偏执，越来越不受控制。于是乎，他对陈俊进行了勒索。我想，在没有达到目的前，她可能还会做出更升级的行为。

"而之前去接近林先生或者邹先生，也都出于同样的目的——她一直都想找到一个有钱的成功男士结婚，从此脱离苦海。"

"你……你怎么什么都知道？"我感到十分诧异，李朝似乎在我周围安装了一个 24 小时监控探头。

李朝却冷冷一笑："如果你是沈大师，那我就是李天师。"

9

从地铁 10 号线豫园站下来，穿过城隍庙，从安仁街拐进福佑路，那里有一个老住宅区。

破败的墙壁在楼房上印刻出岁月的痕迹，边上的垃圾箱似乎很久没人清理了，散发出浓浓的恶臭。

我捂着鼻子走进一栋住宅楼，从楼梯上到四楼，那里就是黄小玲的住处。

开门迎接我的，是一个脸上布满皱纹的老阿姨，正是黄小玲的母亲，当然，是亲生的。

在我语重心长地介绍完自己，并说明来意后，她非常客气地邀请我进屋。房间是两室一厅的小居室，天花板布满大面积的霉斑，应该是漏水造成的。客厅的桌椅非常陈旧，上面的油漆都已经脱落。靠墙的柜子上摆了一个现在不多见的"555"牌台钟，正发出滴答滴答的声响。虽然东西都很旧，但房间收拾得非常整洁。

"阿姨，真是打扰了。"我鞠了个躬。

阿姨摇摇手："没事，我没想到她在工作上有你这样一个朋友，她平时什么都不跟我讲，现在可倒好，人都找不到了。"

"您别急，我一定会找到她的。我今天过来，也是想多了解些她的事，"我扫了眼整个房间问道，"这里平时就您和黄小玲两个人住吗？"

"是的，"阿姨拿出一根针线，"小伙子，能麻烦你帮我穿下线吗？"

我接过针线，眯起眼睛，小心地将线穿过针眼，递还给阿姨。

阿姨拿起一件自己冬天穿的睡衣，开始缝补上面的破洞。

"那……黄小玲的父亲呢？"

"死了。"阿姨的脸上看不出任何情绪。

"啊……对不起。"我感到自己失言了。

"没关系，已经死了很多年了。我也是命苦啊，嫁了这么个人。刚结婚的时候啊，啥都好，但小玲出生之后，他就变了。我老公不喜欢女孩，加上那个时候他迷上赌博，输钱了就喝酒，一喝酒就对我和小玲动手……有一次，还把小玲打到进医院。"

"原来还有这样的事……"我心中涌起一股怒气。社会上这样的废物男实在太多了，明明自己是人渣，却总是以"不喜欢女孩"来对自己的行为轻描淡写。

"小玲小时候，别的孩子都有爸爸妈妈陪着一起去公园里玩，只有她，放学后连家都不敢回，"阿姨停下了手里的动作，言语中有一丝哽咽，"慢慢的，她就开始不承认自己有父亲，然后也开始不承认我，她怪我把她生下来，骂我自私。"

"您别见怪……"

"我不怪她，我确实没有尽到一个母亲的义务。家里一直很穷，我没给过她好的东西。就连她爸打她的时候，我也只敢缩在墙角发抖。这孩子责怪我也是应该的……"泪水滴在了睡衣上，渗透到破洞的边缘，那个洞似乎永远也补不了了，"她爸几年前因为喝醉酒，不小心摔到河里淹死了。小玲连追悼会都没去，即使到现在，她也一直对我说，她是个没有父母的人。在她心目中，我只是个养母。她还跟我发誓，说要找个有钱有本事的好男人结婚，绝对不会过我这样的日子。"

"阿姨，您先喝口水。"我从厨房倒了杯热水拿过来。阿姨讲的这些，我实在有些听不下去。没想到，平时看上去乐观开朗的黄小玲，竟会有这么糟糕的人生经历。

阿姨呷了口水，又对我说："小伙子，谢谢你能来，不知不觉讲了那么多，让你笑话了……"

"哪里哪里，是我冒犯了，不该过问您的家事。"

"对了，"阿姨突然想起什么，"这几天天冷，厨房水龙头里的水有点结冰，你能不能找人来帮我看一下？麻烦你了。"

"好的，没问题，"正在这时，一道灵光突然闪现，"对了阿姨，我能不能看看小玲的房间？也许能找到她失踪的线索。"

"哦，好的，"阿姨站起身，走到黄小玲的卧室前，为我打开房门，"你请便。"

黄小玲的房间宛如童话世界，和外面的客厅简直是两个次元。墙上除了金宇彬的照片外，还有不少迪士尼动画的海报、挂饰和大头贴。铺着粉红床单的床上有一个甜甜圈形状的靠垫，床头堆了许多卡通布偶和毛绒玩具。书桌上摆着一个纸模城堡，顶部可以当笔筒，里面插着好几支彩色笔。

如果是几周前看到这个房间，我一定会觉得黄小玲特别童真可爱。但现在，我用五官感知到的一切，都有一种撕裂感，这种感觉让我十分反胃。

黄小玲的人设已经崩了。当务之急，我只想立刻找到她，亲口向她询问真相。

我开始在房间里搜寻线索。回想起陈俊的话，如果她是因为还不出高利贷而被抓走，那应该能在这里找到借据之类的东西。我翻开书桌抽屉，仔细检查了一遍里面所有的物品。正当我拿起一本笔记本时，一张夹在里面的白色纸片掉了出来。

我捡起这张纸片，发现那是一张整形医院的名片，上面写了一个姚医生的联系电话。

这一瞬间，刚才那道灵光冲破了我眼前的全部黑暗。

10

姚世发拎着一个装着面包和水的塑料袋，走进自己的医院。

入夜后的医院死气沉沉的，嘎吱作响的铁门吓跑了边上的一只黑猫。这家民营整形医院规模很小，一排三层楼的房屋便是医院的主体建筑。此刻，唯有一楼住院部的走廊还发出苍白的灯光。但姚世发并没有走向住院部，而是走下通往地下室的楼梯。

所谓的地下室，实际上是一间废弃的仓库，里面摆满了许多弃置的医疗设备，还有几张不用的金属折叠床。其中一张折叠床上，竟躺着一位长发女子。女子的左手被一个手铐禁锢在床头的栏杆上，她的活动范围仅限于这张折叠床。

"吃点东西吧，"姚世发将塑料袋扔到床上，"再过几天，伤口就愈合了，到时我们好好谈一谈。"

女子扒开塑料袋，粗暴地撕下面包的包装膜，大口往嘴里塞。

　　正在这时，两支手电筒的光柱划破黑暗——两名刑警冲了进来。

　　我带着两名刑警冲进姚医生的地下室，黄小玲果然被他囚禁在这里！

　　看见警察，姚医生想要逃跑。他倏地冲向门口，但脚下没有站稳，一个踉跄摔倒在地，后脑重重地撞在折叠床上，当场晕了过去。

　　黄小玲看见我，泪水夺眶而出。她似乎有什么话想告诉我，可嘴里的面包还没有咽下去，只能听见呜啊呜啊的声音。看到她这个样子，万分心痛的我不顾一切地一把抱住她。

　　"没事了，没事了。"我不断安慰道。

　　这一刻，我真想就这么算了……能不能让一切都过去呢？

　　之后，黄小玲被送往市区医院，经医生检查，除了"那个"之外，她的身体没有大碍。

　　然而，面对警察的盘问，她却闭口不谈，只强调自己什么都不记得了。

　　另一边，囚禁黄小玲的姚世发仍处在昏迷中。警方只查到姚世发是黄小玲的高中同学，两人偶有往来。但至于他为什么要绑架黄小玲，以及整件事的真相是什么，都还隐藏在迷雾中。

　　只有我最清楚真相。

但我实在不忍心当着黄小玲的面揭穿这一切。

夜里，我写了一封长长的信。

第二天，我带着一束鲜花去医院看望黄小玲。她的容貌很憔悴，目光空洞无神。

我在她的枕边放下那封信，便离开了。

我很想问问她，此时的她，究竟是哪一个"人设"呢？

11

黄小玲，我想了很久，终于还是决定写这封信给你。

我已经知道了所有的真相，当然也包括真正的你。说实话，我一时之间很难接受这一切。

这是我最后一次解谜，如果我所说的全部符合事实，希望你能够向警方自首。

这是我对你的最后要求。

心理医生李朝曾告诉我，你的行为还会进一步升级。联系到之前保安小哥窃取珠宝的事件，我终于找到了迷宫之门的入口。

在"吃人电梯"事件中，保安小哥利用手机 APP 远程操控数控室的电脑，将电梯切换到备用电源。但巧的是，就在当天，我教过你如何使用那个 APP。而在午休的时候，你莫名消失了一段时间，那段时间你又去了哪里呢？

只有一个答案能解释上面的问题，那就是——你是保安小哥的共犯。或者说，是他临时拉入伙的帮凶。

保安小哥窃取珠宝的目的有两个，一是为了弄到钱给母亲治病，二是准备把那颗失踪的蓝宝石吊坠送给你。

是啊，你身上就是有一种气质，一种能让处于社会底层的男性仰慕你的气质。无论是"礼物"事件中的快递员、"白色愚人节"事件中的装修工，还是大厦保安李冠华，都被你的魅力迷得神魂颠倒，当然还包括我……

保安小哥喜欢你，所以要送蓝宝石吊坠来取悦你。

午休你消失的那段时间，实际上是被保安小哥叫过去了吧？他来找你，向你坦白了盗窃珠宝的犯罪行为，并把蓝宝石吊坠交给了你。

那时的你，对金钱的欲望达到了峰值，当然经受不住这颗价值不菲的蓝宝石的诱惑。你决定成为保安的共犯，帮他脱罪。于是，你跟他一起策划了后续的电梯故障事件，并教会他使用APP远程操控数控室的电脑。同时，你还帮他清除掉门卡的记录和监控视频。

然而，保安小哥最后还是被捕了。庆幸的是，他并没有供出你，也没有告诉警方那颗蓝宝石的下落。他选择保护你。

即使这样，你依然忧虑重重。手中握有盗窃案的赃物，加上唐警官对你的怀疑态度，你担心警方早晚将你视作嫌疑犯，从你那里搜到宝石。当务之急，你必须想办法把宝石藏在一个安全的地方。

那么，到底藏在哪里最安全呢？

我不知道你是受到了什么启发，总之，你的脑子里突然冒出一个点子——宝石的体积不大，没有比把它藏在自己的身体里更安全的了。

接下来，你所有的怪异行为都可以用一件事来解释，那就是——隆胸手术。

你在学生时代有个好友，那就是如今开了民营整形医院的姚世发。你找到他，要他为你做隆胸手术。

为了这个，我还专门去查了资料。隆胸手术原本是一种让女性胸部变丰满的整形手术。

手术通常是把填充物作为假体放在乳房内，比较常见的假体是硅胶。但除了硅胶之外，还有一种假体用的是生理盐水袋。盐水袋的安全性要比硅胶高，万一发生渗漏，盐水会被身体吸收，不会影响健康。

为了安全起见，也为了风头过去之后能够更方便地将假体取出，你无疑选择了盐水袋假体植入手术。你的计划是将蓝宝石用塑料膜包裹起来，塞在盐水袋里，再让医生将盐水袋植入你的胸部。这样，宝石就能一直藏在你的身体里。

当然，你不可能跟姚世发坦露宝石是赃物的实情，一定编了个借口蒙混过去。比如宝石是家里的传家宝，能带给自己好运，希望以这种方式和自己的身躯融为一体之类的。除此之外，你还答应给姚世发一笔巨额钱款，这笔钱当然得等把宝石卖了之后才能到手。

总之，姚世发帮你做了这个特殊的隆胸手术。而隆胸手术的恢复期要一周左右，这就是那几天你请假的原因。另外，通常为了使伤口更隐蔽，手术会选择腋下作为开刀的切口，因此你的双手才无法举起吧？就连拿柜子上的电水壶都做不到。你穿上厚厚的毛衣，并不是因为觉得冷，而是为了掩盖自己的身形变得更丰满的事实。你每天尽可能地坐在前台，不站起来走动，同样是为了尽量避免让人察觉到自己身体的异样。还有，辛辣食物也是术后禁忌，所以你才对我买的香辣鸡翅不感兴趣。

手术成功后，一切都看似如你所愿，你也回到了自己的工作岗位上，只要等盗窃事件平息下来，你就可以再次做手术取出宝石，占为己有。

但人算不如天算，就在周六那天，领导要你送 U 盘给审计公司。那天，气温下降到冰点以下，于是意外发生了。

就安全性而言，比起有致癌风险的硅胶，生理盐水袋虽不会致癌，但也并非万无一失。二十世纪九十年代，一位美国女子在前往加拿大度假时，因为气温突然下降，使胸中的盐水袋结冰，一度引致呼吸困难而窒息。

而在那天，你也遭遇了同样的窘境。在寒冷的天气下，你在室外待了很久，以至于身体里的盐水袋开始结冰。袋子膨胀，压迫到肺和气管，令你差点窒息。这就是当时你不断咳嗽和喘气的原因。而在走去公交站的路上，你始终低着头，我以为你在看地上的什么东西，实际上你是在查看自己的胸部。

结冰的盐水袋让你难受不已，你必须尽快离开低温的环境，而当时附近并没有开着热空调的咖啡馆或餐厅，只有——是的，只有一家火葬场。

于是乎，你拼了命地跑进火葬场，走到一个火盆旁边，弯下

222

腰，将身体靠近火焰。烈焰的温度足以让冰融化，你因此而得救——这是当时唯一能救你的办法。而那时我的手触碰到你身体，有一种冰凉而僵硬的触感——那并不是我的错觉，而是我不小心碰到了你的……

等你缓过神来，意识到这样下去不是办法，自己可能会有生命危险，你又无法将真相告诉我。于是，趁我打急救电话的时候，你偷偷溜走，应该是去找姚世发，要求他做手术将假体取出。

可是，姚世发大概前几天正好看到了宝石窃案的新闻，意识到你身体里的蓝宝石是案件的赃物。姚世发心生贪念，打算夺走那颗宝石。于是，他将你囚禁在地下室里，把你麻醉后偷偷取出了宝石。从姚世发的行径来看，他没有杀害你的意图，也许是打算跟你商量要如何分赃。但他怕你一冲动报警，所以只得暂且将你囚禁一段时间。

以上就是我所了解的全部真相。

12

这是在黄小玲自首前，我接到的她最后一个电话。

"沈大师。"

"嗯。"

"你恨我吗？"

"……"

"嗯？"

"我只有一个问题想问你，请你老实回答我。"

“好。”

“无论是林先生还是邹先生，你接近他们都有自己的目的，”我咽了咽口水，“那么我呢？一直以来你接近我的目的是什么？”

“因为……因为马可。”

“马可？”

“嗯，其实我早就知道他是千鼎马总的儿子，为了接近他，我才接近你。毕竟，你是他唯一的员工，”黄小玲顿了顿，“这个答案你满意吗？”

“谢谢你告诉我真相。”我挂断了电话，将刚刚打印出来的辞职信放进一个白色信封。

这个城市不适合我，是时候到外面走走了。